U0065583

晨讀10分鐘

[小學生]

成語故事集

（下）

撰寫——李宗蓓

繪圖——蘇力卡

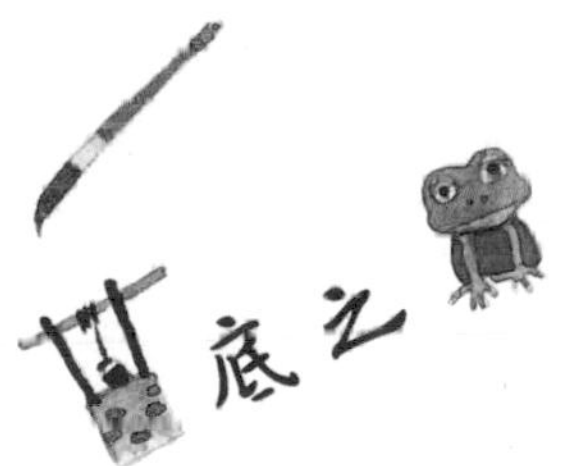

外在表現篇

待人處世篇

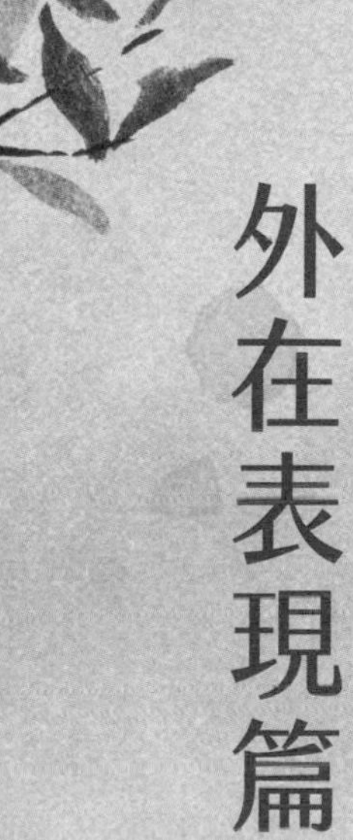

外在表現篇

儀表的成語

鶴立雞群

儀表的成語主要用來形容人的容貌舉止，男女各有不同的儀表特色，形容男子常會以氣質、氣度的不凡為主。

故事時光機

嵇康是魏晉時期的文學家、音樂家，也是當時著名的「竹林七賢」之一。他因為言論得罪了掌權的司馬氏家族，遭到陷害，被處以死刑。

臨死之前，嵇康託他的好朋友山濤和王戎等人，好好照顧他年僅十歲的兒子嵇紹。嵇康死後，他的好朋友們將嵇紹視如己出，盡心盡力照顧。嵇紹在父親好朋友的栽培之下，詩書禮樂樣樣精通，成為品格高尚，氣宇軒昂的青年。

有一次，有人對王戎說：「昨天我在市場裡看到一個青年，他那超群挺拔的儀表，就像是野鶴站立在雞群中，非常突出。那位青年就是嵇紹！」

王戎聽了後，一方面覺得欣慰，一方面又懷念起去世的好朋友，便說：「嵇紹的確如鶴立雞群般出色，但你沒見過他的父親，嵇康比他的兒子嵇紹更雄偉英挺啊！」

嵇紹後來在朝中當官時，河間王與成都王聯合起兵叛變，嵇紹跟隨在晉惠帝身邊帶兵平亂。結果晉軍大敗，兵荒馬亂之際，跟隨在惠帝身邊的官員全都逃跑了，只有嵇紹一個人堅持保護惠帝到底。當惠帝被叛軍包圍時，嵇紹用自己的身體擋住四處飛來的箭，惠帝因此逃過一劫，嵇紹卻中箭身亡。

亂事平定後，隨從們想要清洗惠帝龍袍上的血跡，惠帝卻說：「不要洗，這是忠臣嵇紹的血啊！」堅持留下血跡，表達對嵇紹奮勇護主的無限感激。典源：《晉書》

學習藏寶箱

1 鶴立雞群

解釋 形容一個人儀表出眾；或讚美他人才能過人、成就非凡。

造句 他優異的數理能力，在同年齡的小朋友之中顯得鶴立雞群，輕易就通過了競試。

2 氣宇軒昂

解釋 形容人神采飛揚，氣度不凡的樣子。

造句 陳同學口才出眾，氣宇軒昂，獲選為學校代表參加演講比賽。

3 玉樹臨風

解釋 形容氣質高尚，才貌出眾的青年。

造句 幾年不見，調皮的表哥已經成為一個玉樹臨風的青年了。

4 一表人才

解釋　形容人相貌俊秀，儀態出眾不凡。

造句　看到一表人才的新郎和美麗動人的新娘，親友們紛紛送上祝福。

5 衣冠楚楚

解釋　形容男子服裝整齊，鮮明出眾的樣子。

造句　這場頒獎典禮，出席者各個衣冠楚楚，穿著正式的禮服。

6 亭亭玉立

解釋　形容女子身材修長苗條，體態秀美。

造句　陳家三姊妹，每一個都是亭亭玉立，落落大方的小姑娘。

7 風姿綽約

解釋　形容人的容貌儀態優美，風采動人。

造句　林小姐的端莊優雅，風姿綽約，有很多仰慕者。

容貌的成語

傾國傾城

形容容貌美麗非凡的成語，許多典故都是來自歷史上著名的絕代佳人，所以主要也用在形容女子的容貌。

故事時光機

漢武帝的時候，宮中有一位能歌善舞，會作詞又會作曲的音樂家，名叫李延年。有一次，李延年在漢武帝和他的妹妹平陽公主面前表演一首新創作的樂曲《佳人歌》，其中有一段歌詞唱到：

北方有佳人，絕世而獨立，
一顧傾人城，再顧傾人國。
寧不知傾城與傾國，佳人難再得！

意思是說，北方那位容貌出眾的美人，世界上沒有人比得上。看一眼她的美貌，讓人忘記傾覆城池的危險。再看一眼她的美貌，讓人忘記傾覆國家的危險。難道不知道，即使傾覆了

城池與國家，這樣的佳人，世間也難以得到！

漢武帝聽了這首歌後，嘆了口氣：「世界上真有這樣的美麗佳人嗎？」

平陽公主笑著對哥哥說：「李延年的妹妹就是這樣的絕代佳人呀！」

漢武帝立刻召李延年的妹妹進宮，一見之後驚為天人。美麗動人的李氏後來被封為李夫人，成為武帝最寵愛的妃子。李氏家族的人也因為李夫人的得寵，跟著享盡了榮華富貴。

可惜李夫人進宮沒幾年，就身染重病去世了。李夫人死

後，漢武帝始終對她念念不忘，終其一生都對李夫人的家人照顧有加。典源：《漢書》

學習藏寶箱

1 傾國傾城

解釋 形容女子容貌極為美麗動人。

造句 這位女明星有著傾國傾城的美貌，被譽為影壇第一美女。

2 閉月羞花

解釋 女子容貌美麗到花朵和明月都為之退掩、失色，不敢和她相比。形容女子容貌姣好美麗。

造句 她不只有著閉月羞花的美貌，更有一顆善良的心。

3 沉魚落雁

解釋 魚兒見了沉入水裡，大雁見了也落下來。形容女子容貌姣好，美麗出眾。

造句 沉魚落雁的西施，是歷史上著名的大美人。

4 國色天香

解釋 形容牡丹花濃郁的香味和嬌豔的

姿態，也用來形容容貌美麗、姿態動人的女子。

造句　她以國色天香的容貌，出色精湛的演技，在選秀比賽中脫穎而出。

5 明眸皓齒（ㄇㄧㄥˊ ㄇㄡˊ ㄏㄠˋ ㄔˇ）

解釋　明亮的眼睛，潔白的牙齒；形容女子容貌亮麗。

造句　王姐姐明眸皓齒，活潑大方，大家都很喜歡她。

6 其貌不揚（ㄑㄧˊ ㄇㄠˋ ㄅㄨˋ ㄧㄤˊ）

解釋　形容人長相不好看。

造句　他雖然其貌不揚，但多才多藝與過人的幽默感，讓他成為了當紅諧星。

7 尖嘴猴腮（ㄐㄧㄢ ㄗㄨㄟˇ ㄏㄡˊ ㄙㄞ）

解釋　嘴巴小、臉頰瘦。形容人長相醜陋。

造句　這個喜劇演員故意裝出尖嘴猴腮、滑稽醜陋的模樣，逗得觀眾們哈哈大笑。

夜郎自大

自大類成語通常可以比喻心態，也可以比神態，像走路時腳抬得很高，神氣活現的樣子，完全把自滿自大的感覺表露無遺。

故事時光機

漢武帝時，國力非常的強盛。當時漢朝西南方有個小國家名叫「夜郎」。夜郎國面積狹小，人口也很稀少，加上四周被高山圍繞，出入都要翻山越嶺，交通很不方便，所以幾乎不曾和外面的世界往來。

夜郎國國王從小到大從沒離開過自己的國家，一直以為夜郎是全世界最大的國家，自己是全世界最偉大的國王。

有一年，漢武帝派遣使者唐蒙，帶著大批的人馬和禮物去拜訪這些邊境的民族，希望和他們建立友好的關係。唐蒙一行人千里迢迢，跋山涉水，好不容易才來到地處偏遠的小小夜郎國。

夜郎國國王從來沒有聽過「漢朝」，聽到漢朝的使者來訪，竟擺出不可一世的態度，問唐蒙：「我從來沒聽過漢朝這

個國家，漢朝和夜郎相比，差多少啊？」

唐蒙發現夜郎國國王原來是一個不知道外面世界到底有多大的井底之蛙。便笑著對他說：「漢朝和夜郎相比，不知道大多少啊！夜郎國的大小，不過和漢朝一個小小的縣差不多罷了。」

夜郎國王聽了後目瞪口呆，完全無法想像世界上竟然有比夜郎國大上數千倍的國家！典源：《史記》

學習藏寶箱

1 夜郎自大

解釋 比喻人見識不足，過於高估自己，自以為了不起。

造句 只是在小小的社團表演中拿了個優勝，他就夜郎自大的封自己是歌神了。

2 不可一世

解釋 形容人狂傲自大到極點，以為沒有人比得上自己。

造句 他那不可一世的驕傲神態，讓大家避而遠之。

3 自命不凡

解釋 自以為聰明、不平凡，而高傲自負。

造句 他並沒有什麼過人之處，卻自命不凡的認為自己比其他人都優秀。

4 唯我獨尊

解釋 形容人高傲自大，瞧不起一切。

造句 雖然他學問出眾，但是唯我獨尊的態度，還是惹來許多批評。

5 趾高氣揚

解釋 走路時腳抬得很高，非常神氣。形容驕傲自大，神氣十足的樣子。

造句 你用趾高氣揚的態度叫他幫你的忙，當然會被拒絕。

6 旁若無人

解釋 對身旁的人毫不在意。形容毫無顧忌或態度高傲的樣子。

造句 在公共場所旁若無人般的大聲講電話，是很不禮貌的行為。

7 目空一切

解釋 形容人高傲自大，什麼都不放在眼裡的樣子。

造句 年紀輕輕就創業成功，讓他目空一切，完全不懂得謙虛。

靈感的成語

江郎才盡

虛無縹緲的才思靈感，要如何呈現？如曹植在走了七步這麼短的時間內就可以吟出詩篇，就是才思靈感過人的表現。

故事時光機

江淹是南北朝時代的人，他小的時候家裡很貧窮，連買紙和筆的錢都沒有，但是江淹不氣餒，一有學習的機會就更加努力，年紀輕輕就能寫出優美的詩歌和文章。才華洋溢的江淹，

很快便成為了名滿天下的大文學家，大家稱他為「江郎」。

江淹才思敏捷，常常信筆拈來，就是一篇傳誦一時的佳作，可是他年紀越大，創作出來的詩歌與文章就越平淡無奇。大家對這樣的狀況議論紛紛，覺得江淹的文筆越來越退步，已經很久沒有看到他寫出好的作品了。

傳說有一次江淹在前往京城的路上，晚上在一座寺院中的涼亭休息時，不知不覺睡著了，結果夢見一個美男子，自稱是東晉名詩人郭璞。郭璞對江淹說：「我有一枝筆寄放在你那邊已經很多年了，現在該還給我了吧！」

江淹伸手到懷裡一探，果然找到一枝五色繽紛的彩筆，他恭敬的將這枝筆交還給郭璞後，馬上從夢中驚醒。醒來之後江淹文思枯竭，再也寫不出好的詩句，之後大家都說「江郎才盡」，他的好文才已經用完了。

其實「江郎才盡」真正的原因是江淹當了朝廷官員後，官位越來越大，公務也越來越繁忙，不再有時間好好讀書，也沒時間靜下來創作，仔細醞釀、推敲文句，久而久之，文章自然越來越退步。典源：《詩品》

學習藏寶箱

1 江郎才盡

解釋 比喻才思枯竭，沒辦法再寫出好的作品。

造句 這位知名小說家已經很久沒推出新作品了，他自稱江郎才盡，決定封筆不再寫作。

2 搜索枯腸

解釋 比喻文思枯竭，竭盡心力去思索也沒有東西。

造句 面對課堂上的作文題目，他搜索枯腸半天還是沒有靈感。

3 七步成詩

解釋 三國時代曹植在七步內作好一首詩。形容文思敏捷，詩文寫作有才氣。

造句 這位作家文思敏捷，有七步成詩的高妙才華。

4 文思泉湧

解釋 比喻寫文章時，思路迅速豐暢，靈感像泉水湧出源源不絕。

造句 創作這本小說時，他文思泉湧，下筆如有神助，很快的就完成了這本驚豔文壇的大作。

5 夢筆生花

解釋 夢見筆頭上生出花來。比喻才思敏捷，文筆生動。

造句 他的文章夢筆生花，篇篇都是動人佳作。

6 倚馬可待

解釋 東晉袁虎靠在馬前撰寫告示，不一會兒便文情並茂的寫滿七張紙。比喻文思敏捷，寫作迅速。

造句 他有倚馬可待的文才，下筆千言，篇篇精采萬分。

7 一揮而就

解釋 形容才思敏捷，書畫或文章一動筆就完成了。

造句 這位文壇才子一揮而就，出色的文筆讓人驚豔。

手段的成語

濫竽充數

手段類的成語偏向並不是有真本領或好本事，而是靠不好的手法達到目的，所以也會含有批評譏諷的意思。

故事時光機

「竽」是古代一種吹奏的樂器。戰國時代，齊宣王喜歡聽樂師吹竽，每次都要三百多名樂師一同演奏。

當時有一個人叫做南郭處士，並不會吹奏竽，但他想，要

是能在宮中當樂師，有吃有住，待遇也不錯。便吹噓自己是一個吹竽高手，也真的被聘為樂師，進到了宮廷大樂隊中。

從此之後，每當大家一起合奏的時候，南郭便站在樂師中，擺好架勢，裝模作樣的假裝吹奏著竽。就這樣過了好幾年，南郭和其他幾百名樂師一樣，享受著優渥待遇，沒有被拆穿。

齊宣王過世後，齊湣王繼承王位。齊湣王跟他的父親一樣，喜歡聽竽樂，但是他不喜歡聽合奏，喜歡聽獨奏。於是對樂師們下了道命令：「你們好好練習，接下來一次一個人，輪流吹奏竽給我聽。」

樂師聽到有獨自表演的機會，可以在齊王面前展現自己的吹奏技巧，都非常的高興，各個賣力的練習，希望自己的表現能勝過其他人，只有南郭處士害怕得不得了，因為他根本不會吹竽啊！

輪到南郭處士獨自吹奏的前一天，他知道再也無法蒙混過關，便趁著黑夜，偷偷摸摸溜出宮去，逃得不見蹤影了。典源：《韓非子》

學習藏寶箱

1 濫竽充數

解釋　比喻沒有真本領，卻混在行家中假冒是專家，後來也藉此比喻低劣的東西混在好的東西之中。

造句　這次的珠寶大展，竟然有劣質商品濫竽充數，冒充是高價的寶石，差點有民眾買到假貨。

2 黔驢技窮

解釋　比喻拙劣的技能已經使用完了，再也想不出計策。

造句　這個問題太難了，我已經黔驢技窮，想不出任何解決的辦法了。

3 雞鳴狗盜

解釋　比喻微不足道的小技能，或指具有這種技能的人。通常形容卑劣低下的人或事。

造句　他愛說大話炫耀自己，其實只會一些雞鳴狗盜的小伎倆，根本沒有大本事。

4 酒囊飯袋

解釋 譏諷只會吃喝，沒有真正本領或能力的人。

造句 他做事隨便，又不肯好好學習，怪不得會被譏諷為酒囊飯袋。

5 雕蟲小技

解釋 比喻卑微渺小，不值得一提的技能。

造句 他沒有真本事，只是會賣弄一些雕蟲小技罷了！

---

6 巧取豪奪

解釋 用巧妙的手段騙取，用強硬的方式奪取。形容不擇手段的奪取權力或財物。

造句 他用巧取豪奪的手段，兩年的時間就併吞掉了這家公司。

7 沽名釣譽

解釋 比喻矯情做作或使用手段來謀取好的名聲和讚譽。

造句 他到處宣揚自己捐款幫助災民，做了許多善事，其實都是在沽名釣譽罷了。

技藝的成語

畫龍點睛

技藝類成語有些可以通用，有些則指特定的技藝，如專門形容音樂美妙，或形容射擊技術高超的，就不適合用在其他地方。

故事時光機

張僧繇是南北朝時期著名的大畫家，當時梁武帝信奉佛教，每次興建好新佛寺，便會請張僧繇在牆面上作畫，裝飾佛寺。

有一次，梁武帝命張僧繇在金陵城安樂寺的牆上作畫。張僧繇畫了一幅巨龍圖，畫中的四條巨龍栩栩如生，氣勢驚人。一群在旁邊觀看張僧繇作畫的人，都不由得發出了讚嘆聲，但大家發現了一件奇怪的事：這四條巨龍的眼睛裡都沒有畫上黑眼珠。

有人請張僧繇畫上黑眼珠，他卻說：「不行！如果我幫這四條龍點上眼珠，它們就會變成真的龍，飛上天去了！」大家都不相信，認為張僧繇的話太荒誕了！於是你一言，我一句的叫他一定要為龍點上眼珠。張僧繇只好提起畫筆，為

巨龍點上眼睛。

沒想到張僧繇一點好兩條巨龍的眼睛，天空中立刻傳來轟隆隆、轟隆隆的雷聲，一道閃電擊穿了牆壁，點上眼珠的兩條巨龍轉眼間飛出牆壁，騰雲駕霧直上天際。而沒有點上眼珠的那兩條龍，還留在牆上。從此之後，安樂寺就只能看到兩條沒有眼睛的龍了。典源：《歷代名畫記》

學習藏寶箱

1 畫龍點睛

解釋　指繪畫、作文時，在最關鍵的地方加上一筆，使得整體更加生動傳神。

造句　他適時的在文章中引用了一些名人的話語，真有畫龍點睛的效果。

2 入木三分

解釋　形容書法的筆力遒勁，後來藉此比喻評論深刻或描寫生動逼真。

造句　這篇報導將目前的教育問題，分析得入木三分。

3 餘音繞梁

解釋　歌聲環繞屋梁，迴轉不去。形容歌聲或音樂美妙感人，餘韻不絕。

造句　她的歌聲美如天籟，餘音繞梁，令人回味無窮。

4 百步穿楊

解釋　春秋時楚國人養由基能在一百步遠的距離外，用箭射中楊柳的葉子。形容射箭技術高超或射擊技藝高強。

造句　陳警官是一個百步穿楊的神射手。

5 巧奪天工

解釋　雖然是人工製造，但精巧程度勝過自然。比喻技藝高超精妙。

造句　他能在米粒上雕刻出人物肖像，技藝巧奪天工。

6 出神入化

解釋　形容文藝、技藝、工藝等技巧已達到至高絕妙的境界。

造句　看完這場出神入化的特技表演後，觀眾掌聲如雷。

7 庖丁解牛

解釋　比喻對事物了解透澈，技術純熟高超，做事順利不受阻礙。

造句　再難的算式，在這位數學天才面前，都如庖丁解牛般一下就破解了。

表現的成語

一鳴驚人

當能力完全顯露，良好的表現讓人留下深刻的印象，都可以用這類成語加以形容。有誇讚表現出色，十分不平凡的意思。

故事時光機

春秋時代，楚莊王即位後，過著四處玩樂的日子，對於國家大事置之不理，大臣們都非常擔憂。

就這樣過了三年，楚國越來越衰弱，其他國家便想趁機攻

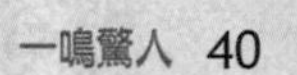

打楚國，大臣們紛紛勸告楚莊王積極振作，但楚莊王不但不聽從，還會處罰那些規勸他的臣子，讓大臣們不敢再多說什麼。

這時候，一個聰明的大臣，想出了一個方法。有一天，他對楚莊王說：「奇怪！實在太奇怪了！有一隻大鳥，棲息在楚國南邊的山上，已經三年了。三年中，牠停在那裡，不曾張開過翅膀，既不飛翔，也不鳴叫，像是假的一樣，一點動作和聲音都沒有，大王，您知道這是什麼鳥嗎？」

楚莊王雖然喜歡玩樂，但其實非常聰明，他聽出了臣子話中有話，是在用這隻三年不飛不叫的大鳥來比喻自己。

楚莊王說：「我告訴你們，那可不是一隻平凡的鳥，牠三年不飛，是在等翅膀堅硬，一飛就衝上高空；三年不叫，是在靜靜觀察，一叫就要驚動天下。大家放心吧！我知道你們在擔心什麼，接下來就交給我吧！」

從此之後，楚莊王用心處理國事，廢除不合理的刑罰，獎勵做得好的大臣，處罰無能的官員，任用有才能的人，民心安定之後，再積極操練軍隊，把楚國治理得非常強盛，一鳴驚人的成為了春秋時代的大霸主之一。典源：《韓非子》

學習藏寶箱

1 一鳴驚人

解釋　平時不突出也沒名氣，突然間有了驚人的表現。

造句　這個插畫家發表的第一本作品，就一鳴驚人的得到國際大獎。

2 刮目相看

解釋　比喻去掉舊看法，用新的眼光來看待。形容人在某方面進步神速，表現讓人驚訝，要重新看待。

造句　他經過了一番苦學，終於有今日讓人刮目相看的成就。

3 平步青雲

解釋　像平常一樣舉步，就可以輕易走上雲端。比喻順利晉升到很高的位置。

造句　認真負責的工作態度，讓他表現出眾，一路平步青雲。

4 脫穎而出

解釋 錐尖透過囊袋顯露出來。比喻顯露才能，超越眾人。

造句 她優美細膩的歌聲，在歌唱比賽中脫穎而出，成為冠軍。

5 出類拔萃

解釋 形容才能特出，表現超越眾人。

造句 這所學校歷史悠久，培育出許多出類拔萃的人才。

6 不同凡響

解釋 比喻表現特出、不同於平凡的人或事物。

造句 她的琴藝表現不同凡響，被譽為鋼琴神童。

7 淋漓盡致

解釋 形容語言或文章表達得非常透徹或表現生動逼真。

造句 他精湛的演技，將這個角色表現得淋漓盡致，奪下影帝的頭銜。

神態的成語

前倨後恭

神態類成語是用來形容顯露於外的神情態度，不同的神態表現不同的心思，如往前也怕，往後也怕，就是沒有信心，膽小的展現。

故事時光機

戰國時代，有一群專門到各國進行外交遊說活動的謀略家，稱為「縱橫家」。蘇秦就是當時縱橫家的代表人物。

蘇秦經過一番苦讀後，先去秦國遊說秦王，希望自己的主張可以被重視，受到重用。然而他在秦國上書不斷發表意見，都得不到回應，旅費用完後，只好落寞的回到家中。

蘇秦胸懷大志，最後卻一事無成的回到家，家人都對他很失望，妻子整天低著頭織布，不看他一眼；父母也不想跟他說話；嫂嫂更是瞧不起他，不願替他做飯。

受到家人冷淡的對待，蘇秦既慚愧又感傷，從此閉門不出，發憤將家裡所有的書全部再好好的苦讀一遍。每當他讀著讀著，快要睡著的時候，他就拿出錐子刺自己的大腿，痛到讓自己清醒過來，警惕自己不能偷懶，要加倍用功。

一年之後，蘇秦的學問和見識都更上層樓，他認為現在秦國的勢力越來越強大，威脅到其他六國的存亡，齊、楚、燕、韓、趙、魏六國應該要聯合起來，共同對抗秦國才對啊！

蘇秦到各國去遊說國君們接受他「合縱抗秦」的主張。首先受到趙國的支持，不久後其他五國也接受了。六國於是結為同盟，共同對抗秦國。蘇秦同時被六個國家聘為宰相，佩帶六個國家的相印，一步登天，聲勢扶搖直上，享盡權勢與富貴。

這一次，蘇秦回到家鄉時，家人都對他恭恭敬敬，大嫂也來向他賠罪。蘇秦問大嫂：「你從前對我那麼傲慢，為什麼現在變得這麼恭敬呢？」

蘇秦的嫂嫂趴在地上，不敢站起來，說：「因為小叔您現在是宰相，身分高貴，跟過去不一樣了。」蘇秦不禁感嘆過去貧困時受人輕視，一旦得到了地位和財富，親友們過去傲慢無禮的態度，立刻轉變為謙卑恭敬，前倨後恭，變化真是大啊！

典源：《戰國策》

學習藏寶箱

1 前倨後恭（ㄑㄧㄢˊ ㄐㄩˋ ㄏㄡˋ ㄍㄨㄥ）

解釋　先前傲慢無禮，後來又變得謙卑恭敬。比喻待人勢利，態度轉變迅速。

造句　一知道這個衣著普通的老人是個大老闆後，他前倨後恭的態度變化，實在是太現實了。

2 畏首畏尾（ㄨㄟˋ ㄕㄡˇ ㄨㄟˋ ㄨㄟˇ）

解釋　顧前顧後，形容人滿心疑慮顧忌，膽小怕事的樣子。

造句　她信心不足，做起事來一副畏首畏尾，擔心害怕的樣子。

3 矯揉造作（ㄐㄧㄠˇ ㄖㄡˊ ㄗㄠˋ ㄗㄨㄛˋ）

解釋　形容人神情、姿態刻意做作的樣子。

造句　他希望受到大家的喜愛與關注，反而表現得太過矯揉造作。

4 唯唯諾諾（ㄨㄟˇ ㄨㄟˇ ㄋㄨㄛˋ ㄋㄨㄛˋ）

解釋　一聲緊接一聲表示贊同。形容態

度恭敬，順從附和別人的樣子。

造句 他個性懦弱，缺乏主見，總是唯唯諾諾的一味附和他人的意見。

5 左顧右盼（ㄗㄨㄛˇ ㄍㄨˋ ㄧㄡˋ ㄆㄢˋ）

解釋 左看右看，四處觀察。或形容顧慮太多，猶豫不決的樣子。

造句 他在餐廳門口左顧右盼了好一會兒，還是無法決定要不要進去。

6 躡手躡腳（ㄋㄧㄝˋ ㄕㄡˇ ㄋㄧㄝˋ ㄐㄧㄠˇ）

解釋 放輕手腳走路，怕驚動別人，被人發現的樣子。

造句 上學又遲到了，他躡手躡腳的偷偷從後面溜進教室。

7 得意忘形（ㄉㄜˊ ㄧˋ ㄨㄤˋ ㄒㄧㄥˊ）

解釋 形容人高興過頭，言語行動失去常態。

造句 看到自己支持的球隊得到冠軍，他得意忘形的在餐廳裡大聲歡呼了起來。

見識類成語指的是擁有豐富的經驗和知識，可以早一步看出危險，預防問題的發生，在這些成語背後都是寶貴經驗的累積。

故事時光機

村子裡，一戶人家蓋了棟新房子。新房子落成後，左鄰右舍的人都去向主人祝賀。有個老人看到這戶人家爐灶的煙囪直立，煮飯燒菜火勢很猛，火花四濺，爐灶旁邊又堆放著木柴，這樣一點火花就可能引燃這堆木柴，實在是太危險了。

老人趕快去提醒主人把煙囪改裝，砌得彎曲一點，再把木柴搬到遠一點的地方，以免發生火災。沒想到，主人聽到老人的提醒，不但不感謝，反而生氣的說：「我們才剛蓋好新房子，哪會有什麼危險呢？別說這種不吉利的話了。」

不久之後，這戶人家果然因為火花掉落在木柴上，引發了火災。幸好發現得早，鄰居們又熱心的趕來幫忙救火，及時止住了火勢，將火撲滅。

主人感激大家的幫助，房子重新整修過後，他特別擺了幾

桌酒席，準備了美食和美酒，招待那些幫忙救火的鄰居們。尤其特別感謝那些幫忙救火時被燒傷的人，認為他們功勞最大，請他們坐到上座，當貴客款待。

這時候，有個客人問主人：「你有邀請提醒你改建煙囪，移走木柴，預防火災的老人嗎？」

主人說：「沒有。火災發生時，他沒有幫忙救火啊！」

客人說：「如果你當初聽從老人的建議，就不會發生火災了。沒有火災，就不會有損失以及人員受傷了。論功勞的話，那位有先見之明的老先生，功勞最大啊！」

主人這才醒悟，如果一開始便聽從老人的勸告，改正錯誤，就不會發生這場火災。於是趕緊請來那位老先生，將他奉為貴賓，坐在上座。典源：《說苑》

學習藏寶箱

1 曲突徙薪

解釋 比喻事先採取措施，以防止將來發生危險。

造句 熱水器要放在通風處，曲突徙薪，注意居家環境的安全，以免發生瓦斯中毒意外。

2 老馬識途

解釋 傳說老馬認得走過的路，藉此比喻經驗豐富的人。

造句 王叔叔在日本旅遊上老馬識途，任何相關問題都可以請教他。

3 未雨綢繆

解釋 還沒有下雨之前，就先把門窗修好。比喻事先採取預防措施，以防範可能發生的災難。

造句 颱風季節即將來臨，民眾們要未雨綢繆，做好防颱準備。

4 目光如炬

解釋　比喻眼光透澈，見識遠大。

造句　這家公司的領導者目光如炬，總能先一步看出未來的趨勢。

5 高瞻遠矚

解釋　形容一個人眼光高遠、見識廣闊。

造句　他有高瞻遠矚的見識，又能腳踏實地的做事，才有今日的成就。

6 一葉知秋

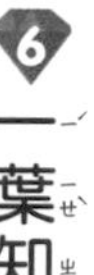

解釋　看見一片葉子落下，就知道秋天來了。比喻由細微的徵兆，就可以推知事物的演變和趨勢。

造句　這間餐廳的服務生態度散漫，一葉知秋，可見其背後管理大有問題。

7 先見之明

解釋　在事情還沒有發生前，就有預見結果的判斷力。

造句　還好他有先見之明，在下大雨之前先把車子停到高處，才沒有被水淹沒。

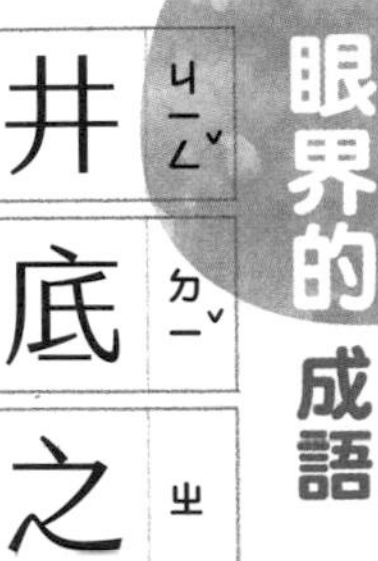

眼界的 成語

井底之蛙

眼界類成語和見識類成語對照，選錄見識淺薄，看不出問題為主，如目光亮如火把和目光小如豆子，一看就可以分出差異。

故事時光機

秋天到了，一連下了好幾天的大雨，雨水落入小河中，千百條小河中的水再匯流入黃河，黃河的水面一下高漲了起來。

河面寬廣到從這一頭的岸上望過去，連對岸是牛還是羊都看不清楚。黃河之神得意的說：「我是天下最廣闊的水域，沒有任何水可以像我一樣壯觀了。」

黃河之神沾沾自喜的順流而下，最後來到了北海邊，他放眼望去，只見大海無邊無際，看不到盡頭。比起黃河不知寬廣了多少倍，不禁對自己之前的無知和驕傲感到慚愧。

黃河之神對北海之神說：「過去，我以為自己就是世界上最大的水域，看到您的遼闊後，才知道自己既渺小又無知。」

北海之神聽了黃河之神的話後，對他說：「一輩子住在井中的青蛙，沒辦法了解大海有多遼闊，這是受到生活環境的限

制。生命只有一個夏天這麼短的蟲，沒辦法了解冬天的冰雪多寒冷，這是受到生存時間的限制。無知的人，再怎麼跟他解釋，也無法讓他明白大道理。

「天底下的水，沒有比我更大的了。即使所有河川中的水都流入海中，也不會滿出來。但我從不因此感到自滿，因為和浩瀚的宇宙相比，我就像山林中的一顆小石頭，穀倉中的一粒米，一樣是渺小的存在，有什麼值得驕傲的呢？我很高興你看到了大海，開闊了眼界，了解不該自以為是的道理。」

從此之後，黃河之神變得謙虛，不再驕傲自滿了。典源：《莊子》

學習藏寶箱

1 井底之蛙（ㄐㄧㄥˇ ㄉㄧˇ ㄓ ㄨㄚ）

解釋　比喻見識淺薄的人。

造句　世界這麼大，我們要四處走走，增廣見聞，不要做井底之蛙。

2 管窺蠡測（ㄍㄨㄢˇ ㄎㄨㄟ ㄌㄧˊ ㄘㄜˋ）

解釋　從竹管中觀看天空，用瓜瓢來測量大海。比喻眼界狹小，見識短淺。

造句　你這番批評只是管窺蠡測之見，沒有一點值得參考的地方。

3 孤陋寡聞（ㄍㄨ ㄌㄡˋ ㄍㄨㄚˇ ㄨㄣˊ）

解釋　形容學識淺薄，見聞不廣泛。

造句　你平日不吸收新知，也不關心時事，難怪孤陋寡聞。

4 目光如豆（ㄇㄨˋ ㄍㄨㄤ ㄖㄨˊ ㄉㄡˋ）

解釋　眼光像豆子那樣小。形容目光短淺，見識狹窄。

造句　他是一個目光如豆，只看到眼

前，缺乏遠見的人。

5 野人獻曝

解釋 比喻平凡人所貢獻的平凡事物，後也用作自謙之詞。

造句 這次的生日會，我就野人獻曝的上臺唱一首歌送給大家吧！

6 坐井觀天

解釋 坐在井底仰望天空。比喻人眼界狹窄，見識淺薄。

造句 讀萬卷書之外，還要行萬里路，坐井觀天不會知道外面的世界有多大。

7 望洋興嘆

解釋 仰視著海洋發出感嘆。比喻因眼界大開而驚奇讚嘆，或因能力不及而感到無可奈何。

造句 參觀美術館欣賞藝術大師的名畫，讓人望洋興嘆，感受到藝術的美好與不朽。

作法的成語

邯鄲學步

作法類的成語偏向不適當的做事方法，最後造成反效果，或讓自己陷入困境中。像「邯鄲學步」就是指刻意、一味的模仿別人，卻導致失敗的結果。

故事時光機

戰國時代，趙國都城邯鄲的人，走起路來姿態優雅又美麗，在各國之間非常有名。燕國壽陵有一個少年，平常很喜歡模仿別人的舉止姿態，為了學習邯鄲人走路的姿態，少年從燕

國長途跋涉到趙國。

來到邯鄲後，少年不由得眼睛一亮，果然路上來來往往的邯鄲人，走路姿態都非常優美。從此之後，少年天天站在街上，仔細觀察邯鄲人是怎麼走路的，看著看著，他覺得自己之前的走路姿勢完全不正確，所以才沒有邯鄲人走得那麼優美，少年決定忘掉自己走路的方法，重新學習邯鄲人的走法。

然而少年模仿了好久，始終學不像，走起路來還是不夠優美，於是他又想到了一個新方法，看到誰走得特別優美，就跟在那個人的後面，那個人怎麼走路，他就跟著怎麼走。

沒想到這樣更糟糕，因為他一下要留意身體的姿勢，一下又要注意手、腳該如何擺動，每一步要跨出多大的距離也要計算好，讓他走起路來不但沒有變得更加優美，反而手腳不協調，看起來十分怪異。

當少年決定不再模仿邯鄲人走路後，竟然也忘記了自己本來自自然然的走路方式，不得不邊走邊爬的回到燕國。

典源：《莊子》

學習藏寶箱

1 邯鄲學步

解釋　比喻一心想要模仿他人，結果不但不成功，反而失去了自己本來的樣子。

造句　你的作品本來很有自己的特色，卻邯鄲學步的模仿別人，結果變成了四不像。

2 東施效顰

解釋　比喻不衡量自己的條件，盲目模仿他人，造成了反效果。

造句　她刻意挑選明星穿過的禮服，結果卻是東施效顰，一點都不好看。

3 作繭自縛

解釋　蠶吐絲結繭，把自己包裹在裡面。比喻做了某件事，反而使自己陷入困境。

造句　他故意抬高商品的價格想大賺一筆，沒想到作繭自縛，一樣商品都賣不出去。

4 改弦易轍

解釋　比喻改變舊有的制度、做法或態度。

造句　公司換了總經理後，政策也跟著改弦易轍，由保守轉變為積極。

5 因噎廢食

解釋　因為怕噎到而不再吃東西。比喻因為害怕再次出錯，而不去做該做的事。

造句　害怕被傳染流感就完全不出門，未免有點因噎廢食。

6 買櫝還珠

解釋　買了珍珠，卻只要盒子，退還了珍珠。比喻做事不知輕重，取捨失當。

造句　他為了得到廉價的贈品，竟不惜花費萬元買下自己不需要的東西，真是買櫝還珠啊！

7 抱薪救火

解釋　抱著木柴去救火。比喻處理事情的方法錯誤，反而使情勢惡化。

造句　溺愛縱容孩子錯誤的行為，就像抱薪救火，可能釀成大錯。

說話的成語

自相矛盾

在日常生活中，說話不僅是一種自我表達的方式，也常用來與人溝通。如果言語模糊或內容空洞，會讓人不明白要表達的意思，容易造成誤解。

故事時光機

戰國時代，楚國大城的一個市場裡，聚集了來自各地的商人，大聲叫賣著他們帶來的商品。

一個賣兵器的商人，到了市場，把兵器擺放好後，敲鑼打鼓，聲嘶力竭的大聲喊叫；「靠過來，大家靠過來，最強大的兵器來嘍！」吸引民眾的注意。

大家聽到叫賣聲，好奇在賣什麼東西，紛紛走過去看，圍觀的人越來越多。這時商人拿起一面作戰時用來防禦、抵擋攻擊用的盾牌，對大家說：「看啊！我賣的盾牌是天底下最堅固的，無論多麼鋒利的武器碰到它，都刺不破。」

商人推銷完盾牌後，又拿出了一柄攻擊敵人用的長矛，對大家說：「我賣的長矛是世界上最鋒利的，不管多堅硬的東西，它都能刺穿。」

商人一下誇自己的盾最堅固，一下又讚自己的矛最鋒利，自吹自擂好一會兒後，人群中突然有人問：「請問如果拿你這把最鋒利的長矛，去刺你那面最堅固的盾牌，會怎麼樣呢？」有人接著附和：「是啊！是啊！會怎麼樣呢？是長矛可以刺穿盾牌？還是盾牌可以抵擋長矛？矛和盾，哪一個厲害？」

商人支支吾吾的回答：「這個嗎？是長矛……啊！不是，是盾牌……」不知道該說長矛可以刺穿盾牌？還是盾牌可以抵擋長矛？因為怎麼說都無法沒有破綻的解釋自己之前的說法。自相矛盾的商人，最後說不出半句話來。

典源：《韓非子》

學習藏寶箱

1 自相矛盾

解釋 比喻前後言行不一致，互相牴觸。

造句 小玉常說琳琳是她最好的朋友，絕不會有衝突，結果一吵架就說要和琳琳絕交，實在是自相矛盾啊！

2 三緘其口

解釋 嘴巴加了三道封條。形容說話謹慎或是閉上嘴巴不說話。

造句 關於這個軍事的祕密，知道內情的人各個三緘其口，不敢走漏半點風聲。

3 和盤托出

解釋 比喻毫無保留的全部拿出來或把話說出來。

造句 在老師耐心的勸導之下，他終於把和同學吵架的經過和盤托出。

4 不知所云

解釋 言語模糊或內容空洞，讓人不了解究竟要表達什麼意思。

造句 這篇文章內容空洞，缺乏見解，看完後仍不知所云。

5 吞吞吐吐

解釋 形容說話不直接，想說卻不說的樣子。

造句 看他吞吞吐吐的樣子，想說的一定是很難啟齒的事情。

6 口若懸河

解釋 形容人很能言善辯，言詞如河水由上往下傾瀉一般，滔滔不絕。

造句 這幾位名嘴口若懸河，常在節目中分析時事，談論熱門議題。

7 逢人說項

解釋 唐朝楊敬之碰到人就稱讚項斯的優點。後藉以比喻到處替人遊說、講情或極力推薦某人。

造句 他逢人說項，努力為自己好朋友拉票，可惜最後還是落選了。

決心的成語

破釜沉舟

決心類成語常伴隨著行動，表現出強大的決心和過人的毅力，以堅定的意志，不畏艱難，挑戰不可能的任務。

故事時光機

秦始皇統一天下後，威風凜凜的帶著大批侍從，到全國各地去巡視遊覽。來到會稽時，道路兩旁站滿了看熱鬧的百姓，有一個武士項羽也站在人群之中，他看到秦始皇車隊華麗盛大的排場後，志氣高昂的說：「有一天，我要取代他做皇帝。」

秦始皇過世後，繼位的秦二世昏庸無能，百姓們在嚴刑峻法的高壓統治下，生活苦不堪言，開始起義、反抗秦國暴政的行動。

秦二世派大將軍章邯率領大軍，鎮壓各地的起義軍，章邯一連打了好幾場勝仗後，圍攻趙國的都城鉅鹿。趙王急忙派使者向各諸侯國求援，諸侯們紛紛派兵來到鉅鹿附近，大軍駐紮了十幾座營壘，卻沒有人敢真正出兵對抗秦國大軍。

楚王也任命宋義為將軍，項羽為副將軍，帶領楚軍救援趙

國。然而宋義卻和其他前來救援的將軍一樣，一直在觀望形勢，不打算出兵救援趙國。

項羽認為秦軍若滅亡趙國，以後就再也沒有人敢反抗暴政了，決定挺身而出，取代宋義將軍，率領楚國將士去救援鉅鹿。

項羽帶著楚軍渡河之後，立刻下令：「擊沉所有的船隻，打破所有煮飯用的鍋具，燒掉所有的營帳，每個士兵身上只攜帶三天份的糧食。三天之內，我們要與秦軍決一死戰，一定要打勝仗。」

項羽破釜沉舟，楚軍在無路可退的情況下，上戰場後以一擋十，奮勇殺敵，經過九次的決戰，楚軍打敗了秦國大軍。

而原本在一旁束手旁觀的各國援軍將領們，看到楚軍在項羽的指揮之下，所向披靡，都嚇得不敢正眼看項羽，紛紛表示以後願意聽從項羽的命令，為他效力。

項羽憑著堅毅的決心和過人的勇氣，鉅鹿一戰中以寡擊眾，殲滅了秦軍的主力部隊，讓秦國再也無法抵擋各地起義軍的進攻，項羽也成為了威震天下的「西楚霸王」。典源：《史記》

學習藏寶箱

1 破釜沉舟（ㄆㄛˋ ㄈㄨˇ ㄔㄣˊ ㄓㄡ）

解釋 比喻果決行事，不惜切斷自己的退路，以求努力獲得最好的成果。

造句 哥哥抱著破釜沉舟的決心，在通過考試之前，絕不再打電玩和籃球了。

2 背水一戰（ㄅㄟˋ ㄕㄨㄟˇ ㄧˊ ㄓㄢˋ）

解釋 背對著河流，毫無退路。比喻在艱難困苦的狀況下，抱著必死的決心，奮勇取勝。

造句 這場比賽大家抱著背水一戰的決心，爭取晉級。

3 愚公移山（ㄩˊ ㄍㄨㄥ ㄧˊ ㄕㄢ）

解釋 比喻不畏艱難，努力不懈，再困難的事也能完成。

造句 這個工程必須鑿穿大山，才能開闢出一條大路，工程人員們抱持著愚公移山的精神，終於完成了這個艱鉅的任務。

❹ 精衛填海

解釋　比喻意志堅定，不畏艱難，奮鬥不休。

造句　他靠著精衛填海的堅定意志，成功的完成了這個大任務。

❺ 水滴石穿

解釋　水不斷的滴落，久了之後可將石頭穿透。比喻只要有恆心，努力不懈就能夠成功。

造句　不管多艱難的事情，只要能持之以恆，就會有水滴石穿的一天。

❻ 有志竟成

解釋　下定決心，立定志向去做，一定會成功。

造句　有志竟成，即使是鐵杵也能磨成繡花針。

❼ 風雨無阻

解釋　颳風下雨也無法阻擋，比喻決心堅定。

造句　這場演唱會，在歌迷們熱切的期盼下，一定風雨無阻，如期舉行。

奮發的成語

臥薪嘗膽

不管情勢有多麼不利，為了實現遠大理想，激勵振作，即使歷經種種考驗也不輕易退縮，都屬於奮發類的成語。

故事時光機

春秋時代，吳國與越國相鄰，經常發生戰爭。有一次，吳王闔閭率兵攻打越國，被越軍用弓箭射傷，傷重不治，臨死之前，他囑咐兒子夫差一定要幫他報仇。

夫差即位成為吳王後，親自率兵跟越國作戰，終於打敗了越國，占領了越國首都會稽，活捉越王句踐。

越王句踐獻上越國的國寶給夫差，謙卑的請求到吳國做夫差的奴僕，服侍夫差。希望夫差能撤軍，不要滅亡越國。吳國的大臣極力勸阻，對夫差說：「大王，一定要殺了句踐，消滅越國。以免留下後患啊！」但是夫差太過輕敵，又為了顯示自己的寬宏大量，同意了句踐的請求。

句踐到吳國後，卑躬屈膝的任夫差使喚，做一些低下的工作，討夫差的歡心。三年之後，夫差認為句踐對自己忠心耿

恥，沒有威脅，便放他回越國。

然而句踐在吳國服侍夫差，都是為了有一天能報仇雪恨。他回到越國後，為了提醒自己不要貪圖安逸的生活，忘記國家被攻破、自己到吳國做人質的恥辱，每天晚上都睡在粗硬的柴草上，並且座前懸掛著一顆苦膽，無論是辦公、吃飯、休息時，都會舔一舔苦膽，激勵自己說：「你忘記了當初被圍困在會稽的恥辱嗎？現在再苦都不能退縮。」

為了再次振興越國，句踐與百姓同甘共苦，他親身下田耕作，王后也親手織布，兩個人生活簡約，不穿華麗的衣服，不吃豐盛的食物，作為百姓的榜樣。

越國的百姓看了後也都發憤圖強，積極生產。句踐同時重用人才，用心治理國家，用了二十年的時間積聚力量後，越國終於由弱變強。受到百姓愛戴的句踐發兵攻打吳國，越國大軍攻入了吳國的首都姑蘇，把吳王夫差圍困於姑蘇山上，最後夫差向句踐求和，句踐不接受，夫差因此自殺，吳國也滅亡了。

「臥薪嘗膽」的句踐，終於完成雪恥報仇的心願。典源：《史記》

學習藏寶箱

1 臥薪嘗膽

解釋　越王句踐躺臥在柴薪上，不時舔嘗苦膽，以警惕自己不忘所受的屈辱。比喻刻苦自勵，發憤圖強的態度與精神。

造句　比賽失敗後，他一改過去自大的態度，抱持著臥薪嘗膽的精神，勤奮練習，終於再次奪得冠軍。

2 聞雞起舞

解釋　西晉祖逖一聽到雞啼聲，立即起床操練武藝。比喻為成就大事，把握時機，及時奮起行動。

造句　為了這次的比賽，隊員們聞雞起舞，每天一早就到學校練球。

3 乘風破浪

解釋　順著風勢，在波浪中前進。比喻志向遠大，不畏困難奮勇前進。

造句　他滿腔熱情，想趁著年輕時，乘風破浪做出一番大事業。

4 勵精圖治

解釋 形容振奮起精神，極力有所作為，謀求強盛。

造句 這家公司原本快倒閉了，還好在總經理勵精圖治之下，開發出熱銷產品，挽救了公司。

5 自強不息

解釋 形容自己不斷努力向上，奮發不懈怠。

造句 他抱持著自強不息的精神，不管遇到什麼挫折與挑戰，都不會放棄理想。

6 夙夜匪懈

解釋 形容從早到晚不休息，勤奮不懈怠的樣子。

造句 強烈颱風來襲，氣象人員夙夜匪懈，密切監控颱風動態。

7 奮起直追

解釋 在落後的狀態下積極奮發，趕緊追上去。

造句 這場足球賽，原本落後的球隊在下半場奮起直追，最後漂亮的逆轉勝。

待人處事篇

信用的成語

一諾千金

信用類成語分為守信和不守信。信用常和貴重的價值如「千金」、「九鼎」相連，是重要的品格，而缺乏信用的人也往往會受到輕視。

故事時光機

漢朝的時候，楚國人季布個性耿直，熱心助人，特別很守信用，只要他答應的事情，無論多困難都會想辦法完成，因此很受人們的敬重。

當時楚國有個人名叫曹丘生，家裡很富有，常常用財物去結交有權勢的人，藉以抬高自己的身分和地位。他想認識季布，先去找季布的好朋友竇長君，說：「您跟季布先生交情很好，可以幫我寫一封介紹信嗎？我想去拜見季布。」

竇長君聽了後，為難的說：「季先生曾經說過不欣賞你，你還是不要去了。」曹丘生不死心，還是請求竇長君為他寫介紹信，竇長君最後勉為其難的幫他寫了。

曹丘生帶著這封介紹信，去拜訪季布，季布看到好友竇長君的介紹信，勉強接見曹丘生，但見面時愛理不理，神色非常

冷淡。曹丘生卻不以為意，恭敬的對季布說：「您是楚國人，我也是楚國人，楚國有句話說：『即使擁有黃金一百斤，也比不上得到季布一個承諾。』您的好名聲流傳天下，生為楚國人，我也感到光榮，常常為您宣揚，難道這樣還不足以表達我對您的仰慕和敬重嗎？為什麼您要拒絕我呢！」

季布聽了曹丘生的讚美後，非常高興，改變了冷淡的態度，好好招待曹丘生。曹丘生以後更盡力將「得黃金百斤，不如得季布一諾」這句話傳揚出去，季布「一諾千金」的名聲也越來越響亮。典源：《史記》

學習藏寶箱

1 一諾千金

解釋　形容信守承諾，答應的事必定會做到。

造句　他是一個一諾千金，有情有義的人，答應你的事情一定會做到。

2 一言九鼎

解釋　形容說話很有信用，也很有分量。

造句　郭老闆一言九鼎，凡事說到做到，信用非常好。

3 尾生抱柱

解釋　傳說古時，男子尾生與一女子相約橋下，女子沒有來，潮水卻淹了上來，尾生堅守信約，於是抱著橋柱，被水淹死。形容遵守信約，至死不渝。

造句　他的諾言如尾生抱柱般堅定，一定會遵守到底。

4 言出必行（ㄧㄢˊ ㄔㄨ ㄅㄧˋ ㄒㄧㄥˊ）

解釋 形容人有信用、信守承諾，說出來的話必定會實行。

造句 媽媽言出必行，答應我和弟弟的事情一定會做到。

5 出爾反爾（ㄔㄨ ㄦˇ ㄈㄢˇ ㄦˇ）

解釋 形容人言行反覆，前後不一致；或答應的事情沒有遵守信用。

造句 大家都已經說好的事情，你怎麼出爾反爾，又不願意遵守了呢？

---

6 食言而肥（ㄕˊ ㄧㄢˊ ㄦˊ ㄈㄟˊ）

解釋 把自己說出來的話吃下去，因而變得肥胖。比喻不遵守諾言，沒有信用。

造句 答應別人的事，一再食言而肥的話，很難再得到大家的信任。

7 輕言寡信（ㄑㄧㄥ ㄧㄢˊ ㄍㄨㄚˇ ㄒㄧㄣˋ）

解釋 形容說話草率隨便，缺乏信用。

造句 他是一個輕言寡信，敷衍塞責的人，事情交給他做要特別小心。

浮誇的成語

紙上談兵

浮誇類成語包括了言語與做事兩方面，經常用來形容與事實不相符或超過現實的狀況，而且對事情沒有幫助，也不能解決問題。

故事時光機

戰國時代，趙國大將軍趙奢身經百戰，為國家立下無數汗馬功勞，被封為「馬服君」。

趙奢有一個兒子名叫趙括，從小熟讀兵書，帶兵作戰的方

法講得頭頭是道，連趙奢都說不過他。大家都認為趙括將來一定和父親一樣，會成為為國立功，受人景仰的大將軍。趙括也得意的認為自己帶兵一定天下無敵。

然而趙奢並不認為這是一件值得讚美的好事，反而很憂心。他叮囑妻子：「趙括沒有上過戰場，只會用嘴巴講述用兵的策略，把帶兵打仗這件事看得太容易，這樣很危險。戰爭是關係國家百姓生死存亡的大事，絕不能任用沒有經驗的趙括做將軍。」

不久後，大將軍趙奢過世，秦國立刻把握良機，派白起將軍率領大軍攻打趙國。趙王派出作戰經驗豐富的廉頗將軍帶兵抵抗。廉頗見秦軍實力強大，正面作戰難以取勝，於是採取防守不進攻的策略，不管秦軍如何挑戰，都堅守營壘，不與秦兵正面交戰，打算慢慢消耗秦軍的戰鬥力。

秦軍與趙軍在長平這個地方對峙了四個多月，始終無法攻下趙國。秦王發現如果不先除掉廉頗將軍，就無法消滅趙國。於是派人到趙國散播謠言，說廉頗將軍老了，膽子小不敢應戰，秦國現在只怕趙括當將軍。

趙王聽到謠言，受到影響，堅持換下了廉頗，改任趙括為

大將軍，帶兵出戰秦軍。趙括的母親聽到後，阻止趙王：「大王，趙奢生前說過，捍衛國家的重責大任，不能交給只會紙上談兵的趙括，不能讓趙括當將軍。」

但趙王堅持己見，任用趙括取代廉頗。趙括接掌兵權後，馬上改變廉頗的戰略，率領四十萬趙軍進攻秦軍，結果因為經驗不足，誤判形勢，中了白起將軍的圈套，趙括最後中箭身亡，四十萬趙國大軍也在一夕之間遭到秦軍坑殺。

趙國在長平之戰中犧牲了四十多萬名士兵，元氣大傷，不久後便被秦國滅亡了。典源：《史記》

學習藏寶箱

1 紙上談兵

解釋　比喻空談道理，卻不能實際去解決問題。

造句　愛護地球、節能減碳的工作，紙上談兵是不行的，一定要在生活中確實執行。

2 天花亂墜

解釋　形容說話動聽，但多浮誇而不符合現實狀況。

造句　推銷員天花亂墜的誇大產品的功效，想要吸引民眾購買。

3 譁眾取寵

解釋　形容以浮誇的言語、行動迎合眾人，博取他人的注意。

造句　這個明星常以譁眾取寵的方式，製造話題，博取媒體版面。

4 虛張聲勢

解釋　故意誇大聲威，張揚氣勢，去影

響、嚇阻他人。

造句 他故意用虛張聲勢的張揚態度，掩飾內心的不安與懦弱。

5 好大喜功（ㄏㄠˋ ㄉㄚˋ ㄒㄧˇ ㄍㄨㄥ）

解釋 喜歡做大事，立大功，誇大功勞或優點。形容作風浮誇不踏實。

造句 他的個性好大喜功，只會說大話，卻不能腳踏實地的把工作做好。

6 華而不實（ㄏㄨㄚˊ ㄦˊ ㄅㄨˋ ㄕˊ）

解釋 只開花卻沒有結果實。比喻內外不一，虛浮而不切實際。

造句 這個商品包裝高級，售價昂貴，品質卻很差，完全是華而不實。

7 言過其實（ㄧㄢˊ ㄍㄨㄛˋ ㄑㄧˊ ㄕˊ）

解釋 言詞虛浮誇大，與事實不相符。

造句 媒體對這個展覽過於吹捧，報導言過其實，讓去看過的人對空洞的內容感到很失望。

陰險的 成語

口蜜腹劍

陰險的手段，常常是在背地裡進行，雖然沒有直接彰顯，但傷害卻一樣可怕，所以常用刀劍兵器來比喻殺傷力。

故事時光機

唐玄宗的時候，大臣李林甫才華出眾，善於迎合玄宗的心意，得到了玄宗的寵信，擔任丞相長達十九年。

李林甫雖然很有才能，但人格卻十分卑劣。他當上丞相

後，極力排擠有能力的大臣，不讓他們有機會在玄宗面前有好的表現。只要是可能受到玄宗重用的人才，李林甫就千方百計的暗中加以陷害。

有一次，唐玄宗起用李適之為丞相，李林甫便想要陷害李適之。他假裝好心的對李適之說：「您費心為國家籌措財源，辛苦了。我剛剛聽到一個好消息：華山發現了金礦，開採出來就可以增加財源，解決國家的財務困境。這個消息皇上還不知道，您趕快上書稟告皇上，建議開採，皇上知道了一定會很高興的。」

李適之聽到後很開心，向李林甫道謝：「太好了！謝謝丞相。」接著立刻上書玄宗，奏請開採華山金礦。

玄宗看了李適之的奏章，正要批准時，李林甫卻憂心忡忡的勸阻玄宗：「皇上，華山有金礦的事情我早就知道了。我沒有上奏皇上是因為華山是王室的風水所在，如果隨便加以開採，破壞了風水，會對皇上及國家帶來惡運啊！」玄宗聽了李林甫的話後，認為他才是忠心耿耿，為國家設想的人才，李適之做事不周詳，不久便罷了他的相位。

由於李林甫與人來往時，總是表現出親切和藹，很老實的

樣子，嘴上像塗了蜜糖般，說出的都是好話，可是心腸卻陰險毒辣，就好像在肚子裡藏著一把劍，當時人們便形容他是一個「口有蜜，腹有劍」的可怕小人。

「口蜜腹劍」的李林甫一路陷害忠良，除掉了許多政敵，得到皇帝全然的信任。然而他擔任宰相十九年的結果，卻將唐朝的國力由興盛帶往了衰敗。典源：《開元天寶遺事》

學習藏寶箱

1 口蜜腹劍（ㄎㄡˇ ㄇㄧˋ ㄈㄨˋ ㄐㄧㄢˋ）

解釋　比喻一個人嘴上說得好聽，內心卻陰險毒辣，處處想陷害別人。

造句　他是那種為達到目的不擇手段，口蜜腹劍的人，跟他打交道要特別小心。

2 笑裡藏刀（ㄒㄧㄠˋ ㄌㄧˇ ㄘㄤˊ ㄉㄠ）

解釋　形容人外表看來和善可親，內心卻陰險狠毒。

造句　他看起來和氣，其實是個笑裡藏刀的陰險小人，和他相處要小心提防。

3 暗箭傷人（ㄢˋ ㄐㄧㄢˋ ㄕㄤ ㄖㄣˊ）

解釋　趁人沒有防備時，在背後用陰險的手段傷人。

造句　他這樣不講道義，暗箭傷人，難怪好朋友會跟他絕交。

4 兩面三刀

解釋 比喻陰險狡猾，耍兩面手法挑撥是非。

造句 他表面和善，私下卻兩面三刀，故意製造糾紛，陷害對手。

5 借刀殺人

解釋 借別人的刀來殺人。比喻假他人之手去害人。

造句 他一再挑撥你們的感情，想要借刀殺人，你不要被他利用了。

6 落井下石

解釋 看見別人掉入井裡，不但不出手相救，還向他投擲石塊。比喻乘人危難時，加以陷害。

造句 他受到冤枉已經很委屈了，千萬別在這時候落井下石，也跟著懷疑他。

7 老奸巨猾

解釋 形容人閱歷豐富，極為奸詐狡猾。

造句 這個詐欺犯老奸巨猾，警方布線許久，終於掌握到他的犯罪證據。

鬥爭的成語

鷸蚌相爭

鬥爭類成語，除了形容鬥爭當下的心態與氣氛外，還關係到結果，像「鷸蚌相爭」最後就是兩敗俱傷，反而讓第三者得到好處。

故事時光機

戰國時代，趙國想要出兵攻打燕國，戰爭一觸即發。當時有一個人名叫蘇代，他聽到消息後，認為趙國攻打燕國，兩國都會有重大的傷亡。在兩敗俱傷的情況下，最後可能都會被秦

國併吞，讓秦國得到好處。

蘇代趕到趙國，求見趙王，想遊說他不要出兵攻打燕國，但直接勸告趙王，趙王可能不會聽從，於是蘇代便對趙王說：「大王，我來貴國的路上，經過易水邊，看見一隻大河蚌張開蚌殼在河邊舒舒服服的晒著太陽。一隻鷸鳥看見了，趁河蚌沒有防備，飛快的衝下來，伸出長長的尖嘴牢牢啄住了蚌肉。

「河蚌受到驚嚇，馬上把兩片硬殼緊緊合上，夾住了鷸鳥的尖嘴。只見河蚌與鷸鳥互相瞪視對方，鷸鳥對河蚌說：『我不放開你。今天不下雨，明天不下雨，你就會被太陽晒死了。』

河蚌也強硬的說：『我今天不放開你，明天也不放開你，你不能吃東西，就會餓死。』雙方僵持不下，緊緊咬住對方，誰也不肯先張口放開。大王，您知道接下來發生什麼事情了嗎？」

蘇代意味深長的看了趙王一眼後，繼續說：「就在鷸鳥和河蚌吵得不可開交的時候，沒發現後面有個漁夫悄悄走近，一伸手便毫不費力的把牠們全部抓進了網子裡。鷸鳥和河蚌成了漁夫的獵物後，才滿心懊悔，但又有什麼用呢？」

趙王聽了蘇代的話後，沉默不語，低著頭思考。蘇代看趙王有所領悟，便說：「趙國攻打燕國，燕國必然全力抵抗，兩國僵持不下，就像鷸鳥和河蚌相爭，強大的秦國就像那位漁夫，等著坐收漁翁之利，一舉消滅掉趙、燕兩國。」

趙王覺得很有道理，立刻下令收兵，停止攻打燕國。典源：《戰國策》

學習藏寶箱

1 鷸蚌相爭

解釋 比喻雙方爭執不相讓，都會受害，反而讓第三者從中得到利益。

造句 這兩位候選人互相攻擊、抹黑對手，鷸蚌相爭的結果，反而讓第三位候選人高票當選。

2 鉤心鬥角

解釋 比喻明裡暗處都用盡心機的鬥爭。

造句 他們表面上看起來感情融洽，私底下卻鉤心鬥角。

3 同室操戈

解釋 比喻兄弟之間感情不和睦，或內部的鬥爭。

造句 這對兄弟為了爭奪家產告上法院，同室操戈，鬧得不可開交。

4 劍拔弩張

解釋 劍已拔出，弓已上弦，搏鬥就要

開始。形容形勢緊張或衝突即將引發。

造句 這次的協調會，雙方代表劍拔弩張，氣氛緊張，隨時可能爆發衝突。

5 勢不兩立（ㄕˋ ㄅㄨˋ ㄌㄧㄤˇ ㄌㄧˋ）

解釋 雙方仇恨極深，無法化解。比喻敵對的雙方不能同時並存。

造句 他們是生意上的競爭對手，多年來水火不容，勢不兩立。

6 兩敗俱傷（ㄌㄧㄤˇ ㄅㄞˋ ㄐㄩˋ ㄕㄤ）

解釋 比喻雙方互相爭鬥，結果同樣受到傷害。

造句 你們兩人再爭執下去，只會兩敗俱傷，對雙方都沒有好處。

7 漁翁得利（ㄩˊ ㄨㄥ ㄉㄜˊ ㄌㄧˋ）

解釋 比喻雙方爭鬥僵持的結果，反而使第三者得到好處。

造句 這支球隊隊員鬧內鬨，無法同心協力的結果，讓敵隊漁翁得利，輕易贏得了比賽。

欺壓的成語

狐假虎威

欺壓類的成語，除了用自己的力量去欺負他人，也包含了仗恃著他人的權勢，靠別人的力量去欺壓別人。

故事時光機

戰國時代，楚國有一個大將軍名叫昭奚恤。有一次，楚王問大臣們：「我聽說趙國、燕國這些國家，都很畏懼我國的大將軍昭奚恤，這是為什麼？」

大臣們你看看我，我看看你，不知道該怎麼回答楚王的問題。這時候，大臣江乙走向前去，講了一個故事。

森林裡，老虎捕獵各種動物為食，動物們都害怕他。有一天，一隻飢餓的老虎出來尋找食物，他四處搜尋，看到了狐狸，立刻撲了上去。

老虎張開嘴巴，正要吃狐狸時，狐狸開口了。他凶巴巴的對老虎說：「你敢吃我！天帝已經封我為掌管森林的百獸之王，如果你吃掉我，就是違背天帝的命令，會遭受上天的懲罰。不相信的話，現在我往前走，你乖乖的跟在我後面，看看森林裡

的動物見到我後，害不害怕。」

老虎聽了狐狸的話後，半信半疑，不敢貿然吃掉狐狸，便先把狐狸放了，讓他走前面，自己跟在後面，結果路上遇到的動物們，一見到他們，都驚慌的逃跑了。老虎看到這些動物這麼害怕狐狸，不再懷疑狐狸說的話，自己也嚇得趕快逃跑。

江乙藉由這個故事，告訴楚王，這些動物不是害怕狐狸，是害怕走在狐狸後面的老虎啊！同樣的道理，昭奚恤將軍統御了楚國的百萬大軍，各國害怕的也不是昭奚恤將軍本人，而是兵力強大的楚國呀！典源：《戰國策》

學習藏寶箱

1 狐假虎威（ㄏㄨˊ ㄐㄧㄚˇ ㄏㄨˇ ㄨㄟ）

解釋 比喻憑恃或假借有權者的威勢，去恐嚇、欺壓別人。

造句 他以哥哥做靠山，狐假虎威欺負同學，還好老師即時發現加以制止。

2 作威作福（ㄗㄨㄛˋ ㄨㄟ ㄗㄨㄛˋ ㄈㄨˊ）

解釋 指仗恃著權勢去欺壓別人。

造句 這個在鄰里間作威作福的角頭大哥，已經被警方逮捕了。

3 為虎作倀（ㄨㄟˋ ㄏㄨˇ ㄗㄨㄛˋ ㄔㄤ）

解釋 傳說中被老虎咬死的人，靈魂會變為倀鬼，供老虎差遣使喚。比喻當惡人的幫凶，幫著壞人做壞事。

造句 你為虎作倀，幫助詐騙集團欺騙無辜的民眾，同樣要接受法律的制裁。

4 驢蒙虎皮

解釋 驢子披上了老虎的皮。比喻倚仗著他人的權勢嚇唬、欺壓別人。

造句 他本來是一個膽小的人，現在卻驢蒙虎皮，用幫派的名義去嚇唬他人。

5 魚肉鄉民

解釋 把人當成了無力抵抗，任人宰割的魚和肉。比喻任意欺壓百姓，剝取財物。

造句 法治社會絕不容許官員們有魚肉鄉民，欺壓百姓的行為。

6 以鄰為壑

解釋 將鄰國當作宣洩洪水的溝壑。比喻將困難和災禍轉嫁到別人的身上。

造句 這家黑心工廠以鄰為壑，排放有毒廢水到河流，汙染了附近的農田，已被勒令停業。

7 恃強凌弱

解釋 形容人憑藉著強權或強大的力量，欺負弱小。

造句 看到這個大男人恃強凌弱，欺負婦孺，他立刻挺身而出。

固執的成語

守株待兔

固執類成語和堅持己見，不肯變通有關，這樣的堅持常是不符合現實潮流，甚至是錯誤的，往往也會帶來不好的結果。

故事時光機

春秋時代，宋國有個農夫，每天早出晚歸，在田裡辛勤的工作著。

一天中午，農夫在田中耕作時，忽然聽到「砰！」的一聲。農夫抬起頭來四處張望後，走到田邊一看，原來是一隻兔子跳著跳著，沒注意前方，一頭撞上了大樹的樹根，撞斷脖子死掉了。

「哇！好大一隻兔子啊！」農夫將這隻兔子撿起來，拿到市場上賣了不少錢。回家後，他得意洋洋的對妻子說：「今天我什麼力氣都沒用到，就撿到一隻兔子，賣掉兔子的錢比我努力耕作一天還要多。靠撿兔子賺錢比辛苦種田的收入好太多了。」農夫想，以後如果每天都可以這樣得到一隻兔子，就不需要再辛苦耕作了。

第二天開始，他把農具扔在一旁，專心的守在大樹旁，等著兔子自己撞上來。可是，日子一天天的過去，兔子卻再也沒有出現過。其他的農夫看到了，勸告他：「你快回來好好耕作吧！不要再等兔子自己撞樹，妄想著不勞而獲了！」

等不到兔子，農夫終於醒悟過來，了解還是應該腳踏實地的工作才對，他拿著農具，回到田裡時，卻發現之前辛勤耕作的農作物都枯萎了，田中長滿雜草，心中真是後悔莫及呀！

典源：《韓非子》

學習藏寶箱

1 守株待兔(ㄕㄡˇ ㄓㄨ ㄉㄞˋ ㄊㄨˋ)

(1)

解釋 比喻人做事完全憑著舊經驗，不知道變通。

造句 社會競爭這麼激烈，守株待兔無法求新求變的人，很容易被淘汰。

(2)

解釋 比喻心存僥倖，妄想不勞而獲。

造句 他坐在辦公室守株待兔，不主動外出開發客源，業績自然很差。

2 刻舟求劍(ㄎㄜˋ ㄓㄡ ㄑㄧㄡˊ ㄐㄧㄢˋ)

解釋 比喻拘泥固執，不懂得變通。

造句 你不去理解題目的意思和解題的步驟，只是一味的套用同一個公式，根本是刻舟求劍，得不到正確答案的。

3 抱殘守缺(ㄅㄠˋ ㄘㄢˊ ㄕㄡˇ ㄑㄩㄝ)

解釋 形容固守著舊有的思想或事物，不肯改進變通，接受新的事物。

造句　這本書中許多觀念都已經過時了，千萬別抱殘守缺，再將它奉為經典。

4 食古不化

解釋　學了古代知識而不能理解、應用，如同吃了東西不能消化一樣。比喻一味守舊而不知變通。

造句　他的思想迂腐又守舊，食古不化，已經跟不上時代了。

5 剛愎自用

解釋　形容個性倔強固執，認為自己的觀點與做法才是最正確的。

造句　他剛愎自用，不肯接受他人意見的個性，導致一次又一次的失敗。

6 一意孤行

解釋　形容不接受他人的勸告或意見，只按自己的意思行事。

造句　他缺乏團隊合作的精神，總是一意孤行，拖累了團隊的表現。

7 冥頑不靈

解釋　形容人昏庸愚昧，頑固而不懂事情的道理。

造句　想勸說一個冥頑不靈的人改變心意，簡直是比登天還難。

計謀的成語

請君入甕

計謀類成語指的是經過計劃，為達到目的、效果進行的策略，過程中可能運用了各種手段，重點是，最後都能有效達到目的。

故事時光機

唐朝時，武則天登基為女皇帝後，擔心有人私下反對她，策劃謀反的行動，於是鼓勵全天下的人向她告密。

即使是平民百姓，只要知道有人反對她，想要進京告密，

當地的官員就必須提供馬車和旅費，讓告密者儘快抵達京城。告密的內容如果有真憑實據，馬上可以得到獎賞，甚至當官；如果是誣告，沒有證據，也不會被處罰追究。

從此之後，告密者絡繹不絕的從全國各地湧向京城。由於告密者實在太多了，武則天任用了許多官吏來審理這些案件，其中周興和來俊臣兩個人，為了逼人招供，設計出了許多慘無人道的恐怖刑罰，所以特別受到武則天的器重。然而許多無辜的人卻因此受害，甚至喪失了性命。

有一天，武則天召見來俊臣，對他說：「有人密告周興意

圖謀反，你去將這件事情調查清楚。」來俊臣派人請周興到家中吃飯。周興來了之後，兩人一邊吃飯，一邊討論逼供的方法。這時候來俊臣故意請教周興：「如果遇到怎麼樣都不肯認罪的犯人時，要用什麼方法讓他承認有罪呢？」

心狠手辣的周興說：「這簡單，準備一個裝滿水的大甕，下面堆滿木柴，升火燒烤大甕，再把犯人放進甕中，當甕中的水越來越燙後，沒有人不招供的！」

來俊臣馬上派人準備大甕，在底下升起火，周興酒喝得正暢快時，突然聽見來俊臣大喝一聲：「有人密告你謀反，皇上下令要我審問你，請你進入這個甕中吧！」

周興自食惡果，嚇得面如死灰，還沒進到甕中，就跪下來磕著頭，招認了罪行。作惡多端的周興，還未受刑就先被仇家暗殺了。來俊臣後來也因為濫殺無辜，被武則天判了死刑。

來俊臣行刑處死的那一天，百姓們都互相慶賀的說：「兩大惡人都死了！夜裡終於可以安心睡覺了。」

典源：《朝野僉載》

學習藏寶箱

1 請君入甕

解釋　比喻用那個人對付別人的方法來對付他自己。

造句　他幫朋友想了好幾個惡作劇整人的方法，沒想到是請君入甕，最後被整的人竟然就是他自己。

2 金蟬脫殼

解釋　蟬蛹蛻變成蟲時要脫去幼蟲的外殼，之後新蟬飛走，留下舊殼。比喻利用假象巧妙脫身，不讓對方察覺。

造句　這個嫌犯用金蟬脫殼之計，一下子就擺脫了警察的追捕。

3 調虎離山

解釋　比喻用計謀誘使對方離開他的據點，以便趁機行事，達到目的。

造句　這個小偷用調虎離山之計，引開老闆的注意後，偷走了不少高價產品。

4 聲東擊西

解釋 比喻虛張聲勢，使人產生錯覺，來轉移對方的注意力。

造句 警方聲東擊西，轉移了歹徒的注意力後，成功的解救了人質。

5 欲擒故縱

解釋 想要擒住或控制對方，故意先放鬆，讓對方鬆弛戒備後，更容易就範。

造句 這位業務員用欲擒故縱的手法，吸引顧客的好奇心下單購買，業績十分驚人。

6 蠶食鯨吞

解釋 像蠶吃桑葉般和緩，像鯨吞食物般猛烈。比喻用各種不同方式去侵略併吞。

造句 這家公司多年下來，遭合夥人蠶食鯨吞，最後只剩空殼了。

7 釜底抽薪

解釋 把鍋子底下的柴火抽掉。比喻遇到問題時，從根本上去著手解決，或從源頭斷絕。

造句 不能釜底抽薪，澈底解決問題的話，只會釀成後患。

提醒的成語

三令五申

提醒類成語含有規勸、指導的意思，包含著懇切真摯的用心，提醒我們要衷心接受勸告，改正缺失。

故事時光機

孫武是春秋時代著名的兵法家，他曾把自己所著的《孫子兵法》這本書進獻給吳王闔閭。

吳王看了後大為讚賞，立刻召見孫武，問：「兵書上寫的

戰略分析都很厲害，但你可以實際指揮軍隊給我看看嗎？」

孫武充滿自信的回答：「當然可以。」

吳王想要考驗孫武的本事，又問：「可以用宮女們組成軍隊嗎？」

孫武一樣自信的回答：「沒問題。」

吳王於是召集宮中的嬪妃與宮女，總共一百八十人，讓孫武指揮。孫武把宮女編成兩隊，隊伍排列好後，他請吳王最寵愛的兩個妃子擔任隊長，將操練的方法和規定的動作說明清楚後，鄭重的告誡女兵們一定要聽令行動，否則將依照軍法處置。

接下來孫武擊鼓，發號施令，命令大家向右轉，女兵們卻不聽從他的命令，不停的嬉鬧。孫武嚴肅的說：「將領練兵，規定的動作說得不夠清楚，下達的號令沒有讓人熟記在心，這是將領的過錯。我再說一次。」接著孫武三令五申，把規定的動作和命令的事項詳細解說了好幾遍，然後再次擊鼓，發號施令，命令女兵們向左轉，結果女兵們還是哈哈大笑，完全不把孫武的命令當一回事。

孫武這次更嚴肅了，他說：「身為將領，號令說明清楚，士兵卻不遵照行事，就是士兵的過錯了。」孫武於是按照軍法，下令嚴懲兩隊的隊長。

吳王在臺上觀看孫武練兵，聽到孫武要懲罰自己的妃子，急忙下令阻止，對孫武說：「我只是想試試先生的能力，現在知道了，這樣就好了！這樣就好了！」

孫武說：「我接受大王的命令為將領，將領身在軍隊中，一切依照軍令行事，恕我無法聽從您的命令。」說完之後，孫武按照軍法，嚴懲兩隊的隊長。接下來，沒有一個女兵敢不聽從號令，動作整齊劃一。

吳王知道孫武不只懂軍事理論，也能指揮軍隊，便正式任

命他做將軍。孫武成為吳國將軍後，帶兵接連打敗了強大的楚國、齊國、晉國，讓原本只是小國的吳國威震四方。而《孫子兵法》這本書，也被後世尊為「兵經」。典源：《史記》

學習藏寶箱

1 三令五申

解釋 比喻多次下達命令、再三告誡的意思。

造句 媽媽三令五申，告誡哥哥絕對不可以再晚上不睡覺，偷偷的玩平板和滑手機了。

2 耳提面命

解釋 在耳邊提醒，當面告誡；比喻誠懇真摯的教誨。

造句 老師耳提面命了無數次，請同學注意正確的解題方法，不要再寫錯類似的題型。

3 苦口婆心

解釋 形容以懇切真摯的態度，用盡心力，耐心的勸告他人。

造句 動物保護處的義工們苦口婆心規勸民眾，千萬要珍惜生命，不要棄養動物。

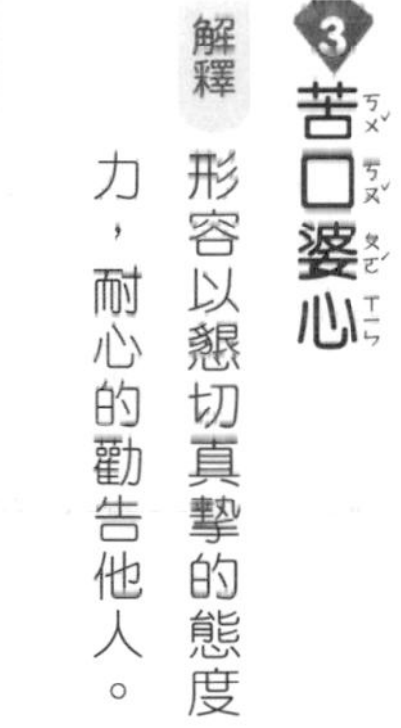

4 循循善誘

解釋 指按照一定的順序與步驟，逐步引導他人。

造句 在師長與父母循循善誘之下，他重新走上正途，不再整天打架鬧事了。

5 語重心長

解釋 形容言詞真誠，情意深長的樣子。多用在指導、勸誡、叮囑上。

造句 爺爺語重心長的叮嚀我們要珍惜少年時光，不要浪費光陰。

6 忠言逆耳

解釋 比喻誠懇正直的規勸，往往不中聽，不易被人接受。

造句 正因為忠言逆耳，面對批評時才更應該虛心的接受。

7 良藥苦口

解釋 具有療效的藥，味苦而難以下嚥。比喻衷心的勸告，聽起來不舒服，但對改正缺點卻有好處。

造句 好朋友的規勸聽起來刺耳，但良藥苦口，都是對自己有好處的。

虛實的成語

望梅止渴

虛實類成語又分為只是空想，並不是真實存在，或是以假的代替真的，以壞的冒充好的，使用時要能區分兩者的不同。

故事時光機

三國時代，魏王曹操是個聰明靈活，善於心計的梟雄。

有一次，曹操率領大軍出征。當時豔陽高照，天氣酷熱，士兵們在荒野中行軍，一路上沒有遮蔭的地方，攜帶的水又喝

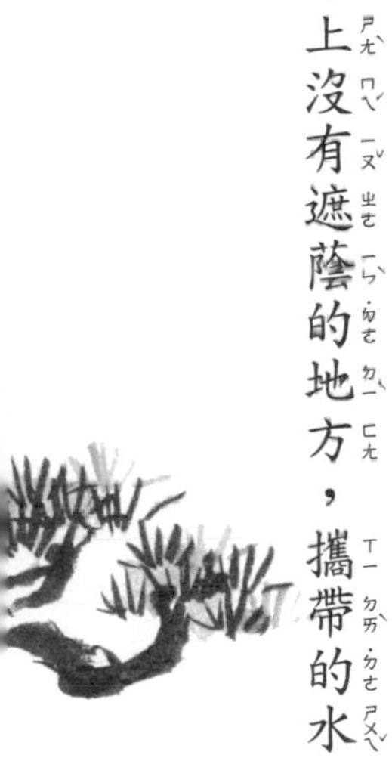

完了，士兵們各個頭昏眼花，心浮氣躁，腳步越來越沉重，體力也漸漸不支。

「好熱，好渴，好想喝水啊！」

「我快支撐不住了，頭好昏啊！」

隨行的將領們看到後，對缺水的狀況很憂心，稟告曹操：「大王，不知道還要多久才能走出這片荒野？士兵們帶來的水都喝光了。再找不到水源，大家恐怕都會倒下去！」

曹操內心也很著急，但他表現出鎮定的樣子，很快就想出了一個應急的方法。他大聲對士兵們說：「大家走快點啊！繞過這座山丘，前面有一大片的梅子林，樹上結滿了又酸又甜的果實，大家再往前走一點，就可以吃梅子解渴了！」

士兵們一想到梅子酸溜溜的滋味，口中不由自主的生出了許多口水，不再覺得那麼渴了，精神也振作起來，又有力氣可以繼續向前走了。

其實前方並沒有梅子林，但在士兵們望梅止渴不久之後，終於找到了水源，解除部隊沒水喝的危機。典源：《世說新語》

學習藏寶箱

1 望梅止渴

解釋　比喻心願無法達成前，先以空想來安慰自己。

造句　買不起這些價格昂貴的洋裝，姊姊只好看看雜誌，望梅止渴。

2 魚目混珠

解釋　以魚的眼睛混充珍珠。比喻以假亂真，以壞的冒充好的。

造句　這個專櫃被檢舉販賣仿冒品，魚目混珠欺騙不知情的消費者。

3 指鹿為馬

解釋　將鹿指稱是馬。比喻公然的歪曲事實，顛倒是非。

造句　這家公司販賣黑心食品被員工揭發後，負責人竟然指鹿為馬，反過來指控員工誣告，實在可惡。

4 畫餅充飢

解釋　在地上畫個大餅來解除飢餓。比

喻用空想安慰自己，而不能實際解決問題。

造句 他常空談一些偉大理想卻沒有能力實踐，只是在畫餅充飢罷了！

5 張冠李戴（ㄓㄤ ㄍㄨㄢ ㄌㄧˇ ㄉㄞˋ）

解釋 把姓張的人的帽子誤戴到姓李的頭上。比喻名實不符，或弄錯了事情、對象。

造句 法律講究公平正義，絕不能發生張冠李戴的錯誤。

6 海市蜃樓（ㄏㄞˇ ㄕˋ ㄕㄣˋ ㄌㄡˊ）

解釋 「蜃」是大蛤蜊，古時候傳說蜃能吐氣形成樓臺城市等景觀，其實這是光線折射造成的自然現象。比喻虛幻而遠離現實的事物。

造句 他許下的承諾像海市蜃樓，不曾真的實現。

7 弄假成真（ㄋㄨㄥˋ ㄐㄧㄚˇ ㄔㄥˊ ㄓㄣ）

解釋 本來只是刻意假裝的，想不到最後卻變成真的。

造句 他本來只是賭氣說要和好朋友絕交，沒想到弄假成真，友誼真的破裂了。

欺騙的成語

掩耳盜鈴

欺騙類成語包括了自己欺騙自己的行為、欺騙他人的行為，或是雙方都在玩弄欺騙的手段。

故事時光機

春秋時代，有個晉國人，某天偷偷溜進一座荒廢的屋子裡，東張西望一番後，說：「聽說這座大房子以前是貴族的家，雖然已經幾十年都沒有人住，草都長得比人高了，但仔細找找，一定還有些值錢的東西，可以偷出去變賣。」

這個人東看看，西找找，沒發現什麼可以偷盜的東西。正想放棄時，看到院子角落擺放著一座大鐘，上面積著厚厚的灰塵，怪不得剛剛沒發現。

這人想這座大鐘能賣不少錢，想把鐘偷運出去。可是鐘又大又重，背也背不動。這時他想到自己帶了一把大鎚子，整座鐘搬不走的話，乾脆把它敲碎後，再一塊一塊的拿走吧！

這個自以為聰明的人，動手敲鐘時，大鐘發出巨大的聲響。這個人驚慌失措，害怕有人聽見鐘聲，進來察看，就會發

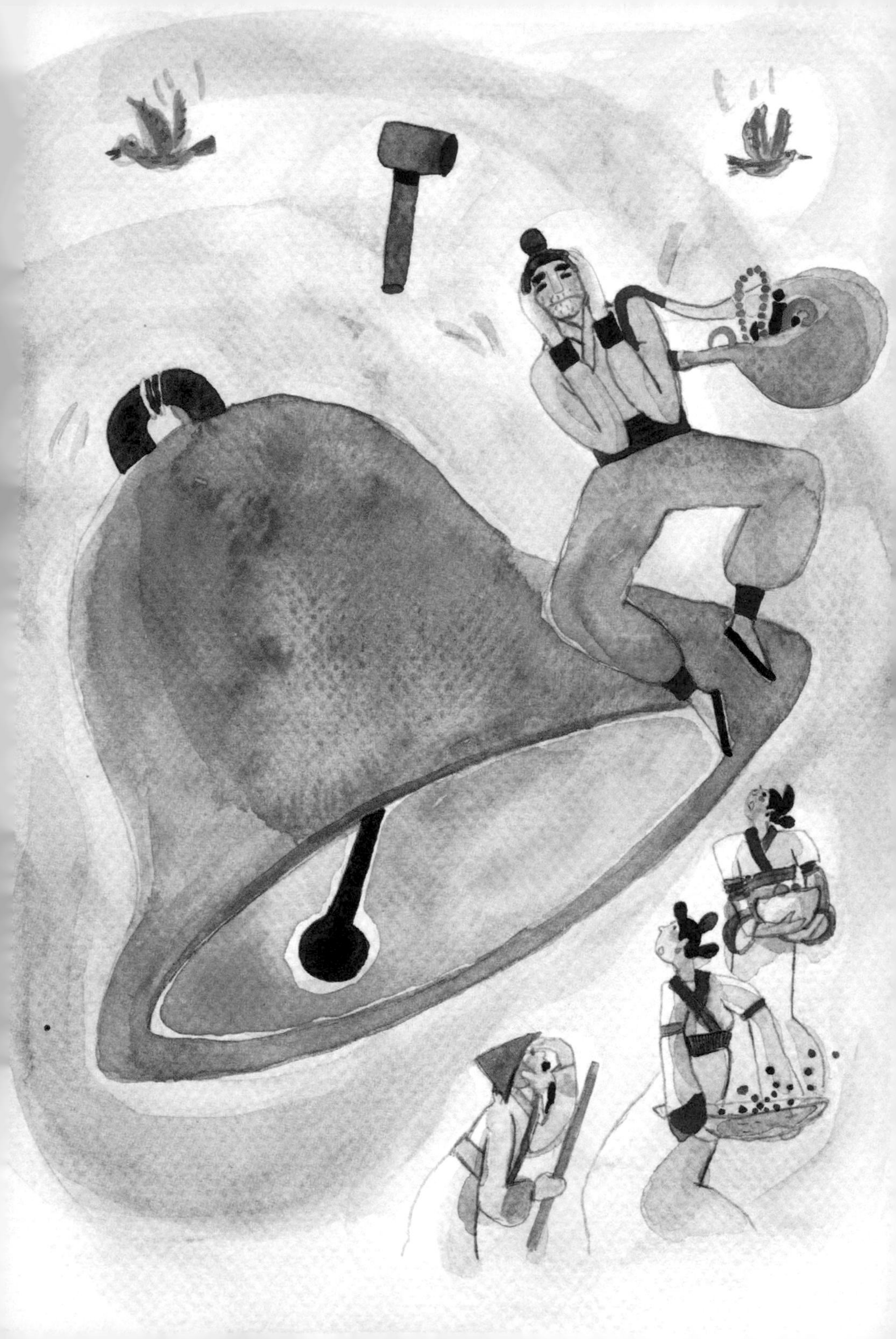

現他想偷鐘，於是連忙用手緊緊摀住自己的耳朵，以為自己聽不見聲響，別人也一樣聽不見。

這個方法當然是沒有用的，附近的居民都聽到鐘聲，趕過來察看，很快就把這個掩住自己耳朵偷鐘的笨小偷繩之以法了。典源：《呂氏春秋》

學習藏寶箱

1 掩耳盜鈴

解釋　比喻妄想欺騙他人，結果只是自己在欺騙自己。

造句　酒後駕車被警方臨檢，他找了一堆藉口不願意接受酒測，結果都是掩耳盜鈴罷了。

2 自欺欺人

解釋　不但欺騙自己，以為也可以矇騙他人。

造句　抱持著鴕鳥心態自欺欺人，不願意面對自己的錯誤，是行不通的。

3 瞞天過海

解釋　比喻玩弄花招，或用高明的手法，進行欺騙的活動。

造句　妹妹偷偷把流浪小狗帶回家，藏到房間裡，以為可以瞞天過海，沒想到馬上就被媽媽發現了。

4 一手遮天

解釋 用一隻手遮蔽天下人的耳目。形容依仗權勢，玩弄手段，欺瞞矇騙眾人。

造句 在媒體強勢監督之下，這個弊案想要一手遮天是不可能的了。

5 欺世盜名

解釋 形容欺騙世人，以竊取好的名聲。

造句 在這個記者鍥而不捨的追查之下，揭發了這個慈善團體負責人欺世盜名的罪行。

6 爾虞我詐

解釋 形容人與人之間沒有誠信，互相猜疑，玩弄欺騙手段。

造句 他們兩人競爭激烈，爾虞我詐使出各種手段，想要贏過對方。

7 欲蓋彌彰

解釋 比喻想要掩飾過錯，結果反而暴露得更加明顯。

造句 他做錯事不敢承認，刻意掩飾欺騙的結果，反而欲蓋彌彰，最後大家都知道了。

勾結的成語

一丘之貉

勾結類成語通常用在一起做壞事。有些成語一開始指的是意氣相投聚在一起，後來用法才偏向壞人互相勾結。

故事時光機

漢宣帝的時候，有一位大臣名叫楊惲。他的父親楊敞曾經擔任過宰相，地位崇高。楊惲家世顯赫，本身又才華出眾，年紀輕輕便在朝廷裡擔任官員，但是他有話直說，常常不客氣的

批評他人，許多人對楊惲懷恨在心，覺得他太過驕傲，因此一有機會就故意陷害楊惲。

有一次，楊惲看著夏朝暴君桀和商朝暴君紂的畫像時，感嘆的說：「要是皇上能夠從這兩個暴君身上記取亡國的教訓，國家一定會興旺強盛。」

後來有人把他的話告訴皇帝，皇帝認為楊惲故意諷刺自己不是賢明的君主，一氣之下便不再重用和親近楊惲了。

又有一次，楊惲聽說漢朝的大敵，匈奴首領單于遭到殺害的消息後，又發表議論說：「單于真是個昏庸的君主，賢明的

大臣提供了好的治國策略，他卻不願意採用，結果送上自己的性命。這就像秦二世胡亥一樣，相信奸臣的讒言，殺害忠貞大臣，導致國家滅亡。這樣看來啊！從古至今君王們喜愛聽信小人的話，沒有分辨是非的能力，就像是同一座山丘上的貉一樣，沒什麼差別啊！」

「貉」是一種長得像狐狸的野生動物，不易辨別其外型差異。楊惲這番以古諷今的言論，又再次惹怒了皇帝，皇帝很生氣，下令免去了楊惲的官位。典源：《漢書》

學習藏寶箱

1 一丘之貉

解釋 比喻彼此是同類，沒有差別。後來也用來比喻同樣低劣，沒有差別，用在不好的評價上。

造句 這個詐騙集團成員有老有少，結夥行騙，都是一丘之貉。

2 狼狽為奸

解釋 狼與狽相互搭配，傷害其他動物。比喻互相勾結、配合做壞事。

造句 這幾年來他們倆狼狽為奸，做了許多違法的勾當。

3 同流合汙

解釋 跟壞人勾結，一起做壞事。

造句 他的好朋友加入幫派後，不久後他也同流合汙，跟著朋友到處打架鬧事。

4 物以類聚

解釋 性質相近的東西常聚集在一起。

比喻壞人互相勾結。

造句 他和一群小混混玩在一起，物以類聚，開始蹺課逃家，傷透父母的心。

5 沆瀣一氣（ㄏㄤˋ ㄒㄧㄝˋ ㄧˊ ㄑㄧˋ）

解釋 原比喻意氣相投的人聚在一起，現今大多指習性、行為惡劣的人相互勾結。

造句 這個官員和業者沆瀣一氣，私下勾結，被發現後，兩人都成為了階下囚。

---

6 助紂為虐（ㄓㄨˋ ㄓㄡˋ ㄨㄟˋ ㄋㄩㄝˋ）

解釋 協助暴君紂王施行暴政。比喻協助壞人做壞事。

造句 看到同學遭到霸凌，千萬不要助紂為虐，成為幫凶。

7 狐群狗黨（ㄏㄨˊ ㄑㄩㄣˊ ㄍㄡˇ ㄉㄤˇ）

解釋 比喻相互勾結，為非作惡的人。

造句 他跟著狐群狗黨一起去偷車，結果統統被抓進了警察局。

自知的成語

班門弄斧

自知類成語指的是一個人不清楚自己的能力，而訂下超出能力範圍的目標，或妄想成就能力所不及的事。

故事時光機

李白是唐朝時的大詩人，寫下了無數膾炙人口，流傳千古的名作。因為李白的才華太高妙，超越了世人，被讚美是天上的神仙下凡到人間，人們尊稱他為「詩仙」。

詩仙李白過世之後，後代許多詩人會特地去李白的墓前懷念、憑弔，許多詩人還會在李白的墓前題上自己創作的詩句，久而久之，李白墓前題滿了詩文。

明朝的時候，有一個詩人名叫梅之渙，一次他和朋友來到李白的墓前。朋友對他說：「好多人在這裡題詩。你也是個有名氣的詩人，也題首詩做個紀念吧。」

然而梅之渙看了這些後人的詩作後，覺得這些人太不自量力，才華不足還敢在李白墓前題詩，便作了一首詩諷刺他們。

采石江邊一堆土，李白之名高千古；
來來往往一首詩，魯班門前弄大斧！

魯班是春秋時代著名的工匠，也是偉大的建築家，他技藝高超，是運用斧頭雕鑿的專家，相傳還發明了雲梯與許多木工工具，被譽為「木匠祖師爺」。

梅之渙這首詩的意思是：采石江邊是才高千古大詩人李白的墳墓，來到這裡的人才學比不上李白，卻在他的墓前題詩留念。就像是平常人在大工匠魯班門前，揮舞著斧頭想比技藝一樣，實在是不自量力，太可笑了啊！典源：《幼學瓊林》

學習藏寶箱

❶ 班門弄斧

解釋　在巧匠魯班門前玩弄大斧。比喻能力平凡，卻在專家面前賣弄本事，不自量力。

造句　他是世界知名的天文學家，你在他面前談論星星，真是班門弄斧啊！

❷ 螳臂當車

解釋　螳螂舉起前肢，妄想阻擋車子前進。形容高估自己能力，對抗極為困難的事。

解釋　他以個人的力量，對抗國家的政策，無異是螳臂當車。

❸ 蚍蜉撼樹

解釋　大螞蟻妄想以自己的力量搖動大樹。比喻不知自己的實力，妄想去做能力所不及的事情。

造句　他妄想用個人的微小力量改變這家跨國大企業的公司政策，有如蚍蜉撼樹，不自量力。

4 以卵擊石

解釋 拿雞蛋丟石頭。比喻自不量力；或是以弱攻強，結果必然失敗。

造句 你這點功夫想挑戰世界級的武術大師，簡直就是以卵擊石。

5 好高騖遠

解釋 形容一味的嚮往、妄想高遠的目標，脫離現實不切實際。

造句 與其好高騖遠，做著發財夢，還不如腳踏實地、認真工作。

6 目不見睫

解釋 眼睛看不見自己的睫毛。比喻看得到遠處卻看不到近處，沒有自知之明，無法看見自己的過失。

造句 我們常常只看到別人犯的錯，指責別人，卻目不見睫，看不到自己的問題，不知檢討。

7 夸父追日

解釋 神話中，夸父為了追趕太陽，渴死在途中。比喻不自量力，想做超出能力的事情；或比喻超越現實，難以實現的雄心壯志。

造句 想要探索廣大無垠的宇宙，解開人類誕生之謎，實在像夸父追日般難以實現。

成語遊樂園

十二生肖

填上□中的字，把是十二生肖動物的圈起來。

杯弓□影

畫□點睛

聞□起舞

亡□補牢

黔□技窮

守株待□

盲人摸□

老□識途

蟲蟲捉迷藏

填上□中的字，把是昆蟲的圈起來。

噤若寒□

漏網之□

□食鯨吞

沉魚落□

井底之□

□立雞群

□臂當車

一丘之□

成語加減法

填上□中的字，完成加減法。

□鳴驚人 ＋ 一日□秋 ＝（　　）

一暴□寒 － 一言□鼎 ＝（　　）

□人成虎 ＋ □面楚歌 ＝（　　）

□牛一毛 － 約法□章 ＝（　　）

□日京兆 ＋ □顧茅廬 ＝（　　）

入木□分 － 連中□元 ＝（　　）

成語接龍

填上□中的字，完成接龍。

①
臥□嘗膽
↓
膽戰□驚
↓
驚□之鳥

②
一□千金
↓
金□題名
↓
名列前□

③
膾炙人□
↓
□蜜腹□
↓
□拔弩□
↓
□冠李戴

自然連連看

填上□中的字，把相同的自然景象連在一起。

- 吳牛喘□
- □中送炭
- 春風化□
- □市蜃樓
- 愚公移□
- 壯志凌□

- 未□綢繆
- 平步青□
- 精衛填□
- 東□再起
- 映□囊螢
- □下老人

迷陣填空

填上□中的字，完成成語。

首(ㄕㄡˇ)	□	一(ㄧˋ)	指(ㄓˇ)			
			□			
	望(ㄨㄤˋ)		為(ㄨㄟˊ/ㄨㄟˋ)	□	作(ㄗㄨㄛˋ)	倀(ㄔㄤ)
青(ㄑㄧㄥ)	□	竹(ㄓㄨˊ)	□		□	
出(ㄔㄨ)	止(ㄓˇ)				自(ㄗˋ)	
於(ㄩˊ)	渴(ㄎㄜˇ)				縛(ㄈㄨˊ)	
□						

—延伸閱讀—

成語怎麼教？

文／彰化縣原斗國小教師　林怡辰

成語，歷經漫長時間沿革，從歷史故事、神話故事、寓言或是傳說、重要典籍精華、生活對話等流傳下來，加上需要的引申意涵，或是之後又轉了個彎，反而是另一種常用的意思，終於呈現現在的成語樣貌。

然而成語歷經了精簡濃縮，對於孩子來說，短短的四字語詞要「解壓縮」明白其意涵，又需要知道引申意思，真的有其困難度。尤其是遇到方向錯誤卻太過認真教學的老師，學習成語這件事又變得難上加難！老師除了訂購一本本的成語練習，還要求孩子一字不漏的背下解釋，抄下例句，最後還週週納入考題，孩子一想到成語就「皺眉」、「反感」。更可怕的是，這樣被動的學習方式，就如同我們背下一個個英文單字，卻在遇到外國人時，搔頭愣住，一句話都說不出來。沒有脈絡的語境，成語只能活在考試卷上的選擇題裡，無法提取到舌尖、文字行間，根本沒有辦法流暢使用。

因為成語的濃縮特性、背後的文化脈絡，使得學習時必須在語境和典故脈絡下，從故事中享受趣味，或是從上下文感知成語的意涵，了解濃縮成語的過程，才能原汁原味的掌握成語的概念。

低年級：善用有聲CD幫助記憶

因此低年級首重知識及理解，知道成語的意思和由來、了解成語在什麼情境之下使用。閱讀成語故事，或是善用這套書的有聲CD，邊聽邊讀，或是聽完複誦一遍，不僅可以幫助記憶、打開耳朵，連在學校比較難訓練的口語能力都練習到了。

中年級：從聽故事進階到例句練習

知識、理解、運用、分析、綜合、評鑑，升上中年級，除了漸漸開始運用成語外，還需要練習和提取，藉由三個以上含成語的句子，才比較有具體概念，什麼樣的語境會使用到這樣的成語，這樣的成語在句子中又是如何的作用，是當成形容詞，還是結尾的評價？都需要知道用法，才會建立語感，甚至進一步運用、創作。因此，到了中年級，可以將有聲CD當成輔助，細讀書中的例句，擴展句子的用法。

高年級：利用成語統整挑戰創作

高年級之後，漸漸理解抽象的成語意思，也會在句子中運用這些比較抽象的概念，在作文中運用自如，之後遇到其他未曾見過的成語，也可以自學查詢使用。因此，這套書裡的成語統整，就非常有助益，可以讓學生統整不同的成語、成語造句，或是用同類的成語組成一篇短文，既是挑戰又是遊戲。最後，擺脱既定的成語，用自己創新的比喻或是說法，讓文章更有新意，成語教學於是告一段落。

由以上的脈絡，在教學上，低年級的孩子可以說一說比較簡單的成語故事，以動物當成主角，像是一石二鳥、畫蛇添足等，這些故事簡單具體，也是孩子日常生活中時常碰到的情境。老師有意識的在教學中使用，讓孩子熟悉用成語替換原有的說法：「我一邊唱英文歌一邊掃地，真是一石二鳥！」、「我一邊唱英文歌一邊掃地，同時有兩種好處，真好！」另外配合製作圖文並茂的成語小書，讓孩子漸漸習慣成語的存在。

中年級開始，可以引入難度比較高的成語，像是「一目十行」、「樂不思蜀」等比較長篇的歷史故事，一方面讓孩子對歷史人物稍有涉獵，另一方面也藉由歷史故事，補足比較抽象、語境不足的成語，但重點都是用淺顯的語言來解釋成語的意義，也需要多個例句幫助孩子具體理解成語的用法，以及在句子中的使用方式。這樣的成語有哪些情境可以使用？是使用在句末、句中或是句首？可以當形容詞、動詞，或是名詞？像是「貪生怕死」就有好幾種用法：「他遇到敵人，竟然貪生怕死，還把同伴拖下水。」或是「貪生怕死的人，是不會受到大家信任的。」在教學上需要給予各種例句或段落，才能幫助孩子順暢自然的運用成語來造句。

此外像是用四格漫畫畫成語，或是比手畫腳猜成語、成語迷宮、成語猜謎、成語接龍、看圖猜成語、用成語編故事、數字成語、成語尋寶、全身上下器官找成語、動物成語……，都能增加學習上的趣味性。

中年級成語量越來越多，讓孩子從中分類、辨析，不僅更有系統，也可以培養同類成語的語感。像是：喜不自勝的歡喜就超過「眉開眼笑」，但低於「喜極而泣」，試著運用更妥切的詞語，表達自己的想法和情緒。除了同類的成語外，反義的成語也是重點，藉由同義和反義成語的蒐集，同化和調適，成語的資料庫會逐漸增加，類化得更快。特別注意的是，許多成語有其引申意涵，像是「罄竹難書」多指貶意，「音容宛在」雖然有人的聲音和影像好像還在身邊，卻通常用於思念的人已不在世間，使用的時候要小心，以免惹出大笑話。

到高年級的教學，大多都是比較抽象的成語，像是：飛鴻雪泥、滄海桑田等，這裡的學習，成語非重點，大多以課文生字有談及的成語為主，且孩子也已經可以靈活運用，了解其在文章的意涵及造句，故稍加示範，提點一些比較難的成語即可。

簡單說來，成語的教學和詞語的教學有異曲同工之處，只是成語多了故事和歷史淵源，造成理解和運用的不便。國語文分為說、讀、聽、寫、作，教學上掌握幾個大方向，讓孩子讀一讀成語故事集、說一說平日有哪些可以應用成語的句子、寫一寫，將成語納入自己的句子、段落裡，利用多種層次的接觸，讓成語自然而然落實在生活中，畢竟有提取、有使用的語詞，才是活著的語詞。

不同年齡心智發展有不一樣的學習重點，從具體到抽象、從生活所見到抽象思維，由具體遊戲、故事脈絡開始，到類化整理分類、提取上下文意與抽象概念，到最後自學成語，藉由不斷的練習和提取，重新激發孩子學習語文的動力。成語雖不簡單，卻也可以學得有趣、學得有效！

親子天下

給中高年級孩子的經典故事輯

西遊記上、下

東方冒險神怪故事中的經典。驚險有趣的故事情節，啟發孩子無限的想像力與創造力。

孔夫子大學堂上、下

曼娟老師以豐厚的中文教學經驗，把《論語》轉化成10個動聽的有聲故事！

用心點亮世界

張文亮教授著作《用心點亮世界》精選有聲版，8個真實的故事翻轉看待世界的方式。

納尼亞系列

依據英國名作家魯易師的作品改編。因著有魔法的戒指與神祕的大衣櫥，開啟冒險之旅。

巴第市系列

醫生專家群將人體比擬為城市，透過生動的比擬和活潑的對話，輕鬆了解身體的運作。

晨讀 10 分鐘系列 032

[小學生]晨讀10分鐘 成語故事集（下）

國家圖書館出版品預行編目(CIP)資料

晨讀 10 分鐘：成語故事集（下）／李宗蓓著；蘇力卡繪. -- 第一版. -- 臺北市：親子天下, 2018.10
168頁；14.8x21公分. --（晨讀 10 分鐘系列；32）

ISBN 978-957-503-036-0（下冊：平裝）

802.1839　　107013971

作者／李宗蓓
繪圖／蘇力卡

責任編輯／李幼婷
美術設計／曾偉婷
內頁排版／中原造像有限公司
行銷企劃／葉怡伶

天下雜誌群創辦人｜殷允芃
董事長兼執行長｜何琦瑜
媒體暨產品事業群
總經理｜游玉雪
副總經理｜林彥傑
總編輯｜林欣靜　行銷總監｜林育菁
副總監｜李幼婷　版權主任｜何晨瑋、黃微真

出版者／親子天下股份有限公司
地址／台北市 104 建國北路一段 96 號 4 樓
電話／（02）2509-2800　傳真｜（02）2509-2462
網址／www.parenting.com.tw
讀者服務專線／（02）2662-0332　週一～週五：09:00~17:30
讀者服務傳真／（02）2662-6048
客服信箱／parenting@cw.com.tw
法律顧問／台英國際商務法律事務所・羅明通律師
製版印刷／中原造像股份有限公司
總經銷／大和圖書有限公司　電話：（02）8990-2588

出版日期｜2018 年 10 月第一版第一次印行
　　　　　2024 年 6 月第一版第十九次印行
定價｜260 元
書號｜BKKCI005P
ISBN｜978-957-503-036-0